Il faut qu'il parte

DU MÊME AUTEUR

Les Barricades mystérieuses, roman, Actes Sud, Babel noir, 1998

Georges Bernanos encore une fois, essai, Les Provinciales/ L'Âge d'Homme, 1998 & Actes Sud, Babel, 2002

Les Idées heureuses, roman, Actes Sud, 1999

Triomphe de Dionysos, anthologie, avec Jérôme Leroy, Actes Sud, Babel, 1999

Mythologie française, nouvelles, Actes Sud, 2002 & J'ai lu, 2004

Sous le soleil de l'exil : Georges Bernanos au Brésil, 1938-1945, essai, Grasset, 2003

Chez Marcel Lapierre, Stock, Écrivins, 2004

Court voyage équinoxial, carnets brésiliens, Sabine Wespieser Éditeur, 2005 & La Table Ronde, La Petite Vermillon, 2008

Le Petit Lapaque des vins de copains, Actes Sud, 2006

Room service, cuisine, avec Yves Camdeborde, Actes Sud, 2007

Sébastien Lapaque

Il faut qu'il parte

Stock

ISBN 978-2-234-06161-3

Pour Sabine Wespieser & Jacques Leenhardt

Je n'aime pas les communistes parce qu'ils sont communistes ; je n'aime pas les socialistes parce qu'ils ne sont pas socialistes ; et je n'aime pas les miens parce qu'ils aiment trop l'argent.

Charles de Gaulle

– C'est l'affaire de la princesse de Clèves qui m'a arraché à mon sommeil politique. Je me suis dit ce pays a un problème avec la beauté, avec le souvenir…

Je revois Saint-Roy, ce demi-clair matin de janvier, son air fâché, ses mains qui tremblaient, une malheureuse cigarette hachée entre ses doigts sans avoir jamais été allumée. Parce qu'en plus de tout ce que nous subissions depuis des mois, il nous était désormais interdit de fumer dans les lieux publics. Sur le boulevard, des troupeaux d'autobus mugissaient sous la pluie. La brasserie où nous avions nos habitudes était presque vide : les ouvriers avaient fui. Pendant que certains avantageux crapotaient des drogues douces vautrés dans le mobilier national, le travailleur à bas salaire n'avait plus droit à sa clope avec son express du matin. Ça le rendait nerveux, Saint-Roy, et même un peu méchant. Nous en étions à notre troisième café et j'étais en train de me dire qu'il forçait sur les excitants.

– Je ne sais pas quel est le furieux modernisateur qui a écrit ce discours expliquant qu'il fallait être sadique pour évoquer *La Princesse de Clèves* à l'oral d'un concours de l'Administration. Et personne n'a bronché. Au pays de Victor Hugo…

– Les Français ne vont pas bien.

– Mais pourquoi personne ne le dit ? Pourquoi personne n'explique que ce pays est en train de se jeter dans le commerce comme un puritain émancipé dans la pornographie ? Pourquoi personne n'écrit que notre candeur étonne le monde ?

– On le dit, on l'écrit.

– Où ça ? Je ne l'entends nulle part.

– Lis la presse étrangère. Fouine un peu sur le ouaibe.

– Le ouaibe ? Tu rigoles ? Autrefois, les pervers écrivaient leurs insanités sur les murs des toilettes, aujourd'hui ils tiennent un blog. C'est un livre dont on a besoin. Quelque chose de solide et de beau, qui tienne dans la main.

Il avait de la jactance Saint-Roy. C'était son métier qui voulait ça. Depuis près de vingt ans, il enseignait les subtilités de l'accord du participe passé à des enfants de quinze nationalités différentes dans un collège de la banlieue sud de Paris. Et il les aimait, ses gamins, je vous le dis. Il récitait leurs prénoms comme un poème... Safia, Houlaye, Nabil, Kadidiatou, Kevin, Giacomo, Quochan, Youssef, Sadeta, Jean-Rachid, Thi-tan, Mukkadès, Roxane, Dragan, Shéhérazade, Bruno, Syriane, Lotfi, Pierre, Mehtap, Céline... Il adorait les prénoms ensoleillés des filles... Assia, Kahina, Fatoumata. Elles le faisaient craquer ses petites beurettes. Il retrouvait les meilleures d'entre elles lors des trois heures hebdomadaires de l'option latin.

– L'autre soir, j'ai pleuré comme un gosse en corrigeant la copie de la petite Nedjma. Une de mes élèves de quatrième. Elle m'avait rendu une version d'un extrait de *La Guerre des Gaules* de César, dans laquelle je n'ai pas trouvé la moindre faute. Ce n'est pas l'absence de fautes qui m'a fait pleurer. J'en ai vu d'autres. Ce sont les embrouilles faites à son père, un Kabyle qui travaille depuis dix ans sans papiers sur tous les chantiers de la région. La préfecture l'a repéré. Ils veulent l'expulser avec femme et enfants. « Faut faire du chiffre », leur a expliqué le ministre. Alors ils font du chiffre, avec la tripe molle et leur cœur sec de toutes les bureaucraties du monde. Au collège, on s'est mobilisés pour Nedjma et son frère. On a expliqué qu'ils ne posaient pas de problèmes scolaires, qu'ils faisaient partie de nos bons élèves... Ça n'a servi à rien. J'ai peur que ma petite Nedjma aux yeux de tourterelle ne finisse pas l'année en France. Comment veux-tu que ça ne me tire pas des larmes de rage ? J'ai une arrière-arrière-petite cousine de saint Augustin qui patule avec Tityre dans *Les Bucoliques* de Virgile et des beaufs obsédés par les indices boursiers qui veulent la renvoyer en Algérie à coups de matraque.

– Et pourtant, c'est beaucoup plus que des permis de séjour qu'il faudrait donner à Nedjma et à sa famille. Ce sont des cartes d'identité françaises. Le propre de la souveraineté est quand même de sanctionner positivement la participation à une communauté politique. Sa vocation est de redéfinir sans cesse où elle commence et où elle s'arrête par le biais de la citoyenneté. Qu'est-ce qu'on a inventé de mieux ? La communauté biologique ? Le tri sélectif génétique ?

– Je l'ai expliqué à de jeunes collègues altermondialistes. On n'est pas passé loin de la fâcherie. Ces naïfs veulent que tout le monde circule librement, avec ou sans papiers. « Comme les patrons », je leur ai dit ! Les nouveaux maîtres du monde entendent disposer à leur guise des marchandises et de la force de travail, et vous, vous voulez les aider à abattre toutes les frontières. Continuez !...

– Quand j'ai vu s'accélérer le rapprochement entre libéraux et libertaires à la fin des années 1980, je me suis dit qu'on se préparait des nervouzes-braiquedonnes.

– Ce que le Capital veut, le gauchisme le peut. Toujours la même histoire.

– Mais alors, pourquoi toutes ces reconduites à la frontière ?

– Pour faire plaisir à des petits Blancs qui se consolent de s'appauvrir année après année en voyant des gens plus pauvres qu'eux renvoyés à leur misère.

– C'est beau, c'est grand, c'est généreux, la France !

– Moi ça me fout des giclées d'acide dans l'estomac. Parce que la petite Nedjma, elle a lu *La Princesse de Clèves*. Il y a une chose que les brutes incultes qui prétendent l'expulser de ce pays n'ont pas comprise. Cette gamine qui connaît des vers d'Apollinaire, qui sait que la Loire prend sa source au mont Gerbier-de-Jonc et qui aimerait devenir institutrice habite la France mieux qu'eux.

– La bourgeoisie française paye des MBA de finance internationale à ses enfants en espérant les voir un jour embauchés comme banquiers à Hong Kong ou comme assureurs à Londres et elle a le culot de foutre dehors des Africains qui rêvent qu'un de leurs gosses devienne professeur ou médecin dans ce pays.

– C'est une contradiction intéressante de son égoïsme. Elle encourage ses rejetons à abandonner leur poste, mais elle ne veut surtout pas que les enfants méritants de la cuisinière marocaine ou du maçon angolais l'occupent à leur place. Voilà pourquoi elle ne veut pas protéger l'école, quoi qu'elle en dise. Les dysfonctionnements de l'ascenseur social conditionnent le maintien de ses privilèges.

– Ces mecs n'ont plus d'âme.

– Plus de passé derrière eux.

– Ni courage, ni honneur.

– Ce qui me désespère, dans tout ce qui se passe en France depuis le printemps 2007, c'est de voir à quel point les sentiments les plus bas ont été électrisés.

– Il aura été donné à notre génération d'assister à un étrange phénomène de cristallisation du pire : la haine des pauvres, l'appât sordide du profit, la guerre de tous contre tous, les conflits entre les générations, le culte barbare de la performance, la décoloration progressive des saisons, la négation de la culture. Ce n'est pas un cadeau que nous fait l'histoire. Mais comme dirait l'autre, tu ne pouvais pas mieux naître qu'à une époque où l'on a tout perdu.

– Et où l'on peut tout retrouver ?

– On va essayer.

I

Salauds de pauvres !

Au seuil de ce livre, je me demande s'il n'aurait pas été préférable d'opter pour une vassalité paisible et silencieuse. J'en connais à qui elle réussit plutôt bien. Ils ont le teint frais et la bouche vermeille : quand je les croise, j'ai honte de mon regard de chien battu. Mais trop de dons me manquent pour cela, à commencer par l'ironie. Et trop de choses me rendent malheureux, dans ce qui se passe en France ces derniers mois, pour que je ne me sois pas senti obligé d'imiter Étienne de La Boétie en rédigeant un discours de la servitude volontaire, un nouveau *Contr'Un.*

Je voudrais ici avoir l'audace de ne parler que pour les autres et pour les pauvres : le peuple. Ce peuple calomnié, tourmenté, soupçonné d'être composé de clampins, d'exploiteurs, de trafiquants, de bons à rien qu'il serait urgent de remettre au travail pour redresser une France endettée et exténuée par les profiteurs. Entendez les profiteurs pauvres. Car il est répété que, dans ce pays, les abus viennent des chômeurs, le travail au noir des ouvriers à bas salaires et que seuls les cheminots et les employés du gaz bénéficient de rentes de situation. Les autres endurent.

On pourrait analyser les discours délirants entendus pendant la dernière campagne présidentielle en se reportant à la théorie girardienne du bouc émissaire. Pour recomposer le corps social défait, il faut une victime expiatoire : ce seront les pauvres, avec lesquels les riches du siècle, qui ont renoncé à l'égalité, ne sont plus disposés à partager leur superflu. Ce partage s'est pourtant fait depuis des temps reculés, nous apprend l'anthropologie. Mais il n'est pas l'heure d'expliquer les règles élémentaires du potlatch dans le système d'obligations sociales réciproques où s'élucident la concurrence et la solidarité, le conflit et sa neutralisation. Je dirai plus loin la nécessité de renouer avec une éthique fondée sur la triple obligation de donner, de recevoir et de rendre pour échapper au nihilisme marchand [1].

Dans l'instant, il convient d'écouter ce que nous dit la Grande Machine par la bouche des

1. Sur cette question, tout a été dit par Marcel Mauss dans *Essai sur le don, forme et raison de l'échange dans les sociétés archaïques (1923-1924)*, un livre dont Alain Caillé a montré l'importance pour comprendre le monde de la marchandise tel qu'il ne va pas. Voir notamment *Dé-penser l'économie, contre le fatalisme*, La Découverte/MAUSS, 2005.

grands prêtres anglo-saxons du libéralisme radical depuis le premier choc pétrolier en 1973. À les entendre, c'est l'assistance qui crée de la pauvreté. Supprimons donc l'assistance et l'on supprimera la pauvreté. Et que les derniers pauvres, dans une société sans État, ne viennent surtout pas se plaindre : ils l'auront voulu…

Ce qui est terrifiant, dans ces discours inspirés par un certain évangélisme protestant, ce n'est pas tant d'observer un pouvoir aller contre sa nature – qui est de protéger ceux qui n'ont rien –, mais ce ton de prédication. Comme s'il y avait d'un côté le Bien, et de l'autre le Mal, d'un côté ceux qui se lèvent tôt, et de l'autre ceux qui restent couchés. Comme si le hasard et le risque du monde, les contrariétés et les insuffisances de la vie, pouvaient disparaître grâce à l'arbitrage du Marché et que la fameuse Main invisible distinguait les Élus et les Damnés en toute justice. On connaît l'antienne, elle a traversé l'Atlantique à la fin du XXe siècle, on l'entend désormais chez nous : « Ceux qui ne veulent pas travailler ne doivent pas être aidés. »

Qui croira que les choses humaines puissent être aussi tranchées ? Cette négation de la complexité du monde, cet arbitrage sans pitié ni pardon et cette promesse d'une vie simplifiée ne sont pas nouveaux. Ils renvoient à la prédiction puritaine des pères fondateurs du capitalisme anglo-saxon analysée par Max Weber au début du XXe siècle[1]. Ce qui est stupéfiant, c'est l'importance qu'a pris ce discours dans les milieux patronaux français. Nous pensions que les Royaumes combattants de l'économie de marché allaient devoir lutter encore longtemps pour réduire « cette poche de viscosité typiquement latine baptisée "exception française"[2] », et nous nous sommes réveillés un matin en découvrant que la guerre avait changé de front. Liquidé l'attachement sentimental à toutes les vieilleries héritées du passé – État, institution, volontarisme politique, service public –, c'est désormais sous les doigts de fée de la Main invisible que sont sanctionnés la réussite et l'échec. Accordant l'avantage à l'économie et la fameuse création de richesses en toutes choses, célébrant le dynamisme de la société civile, les nouveaux maîtres de

---

1. Max Weber, *L'Éthique protestante et l'esprit du capitalisme*, nouvelle traduction de Jean-Pierre Grossein, Gallimard, Tel, 2004. Critiqué par des auteurs persuadés de l'avoir disqualifié, ce livre demeure indispensable pour comprendre les fondements idéologiques des sociétés modernes.

2. Cf. *Vivre et penser comme des porcs, de l'incitation à l'ennui et à l'envie dans les démocraties-marchés*, Exils, 1998, p. 101 & Gallimard, Folio actuel, 2000. Fort d'une réflexion nourrie au carrefour des mathématiques, de la physique, de la philosophie et de la littérature, Gilles Châtelet a réussi à dépasser la réfutation simplement théorique du système capitaliste en inventant une série de stratagèmes allusifs et de métaphores inédites. Ainsi les personnages de Cyber-Gédéon et de Turbo-Bécassine, dont la mise en scène burlesque lui permet de pointer tour à tour le nouvel ordre festif, le « techno-populisme », la pulvérisation du politique, la mutation du monde en « yaourtière à classes moyennes » et la dilution des grands récits dans la « cyber-compote ludique ».

la France affichent crânement leur goût puritain de la réforme et de la transparence.

Notre malheur est d'avoir vu accéder au gouvernement de la vieille nation des gens dont l'arrière-pays idéologique n'est plus dessiné par le souvenir de *La Politique* d'Aristote, ou par celui des *Considérations sur les causes de la grandeur des Romains et de leur décadence* de Montesquieu, mais par des ouvrages de management qui servent de Petits Livres rouges néolibéraux dans les écoles de commerce. Les curieux s'y reporteront : cette littérature qui valorise l'efficacité ponctuelle et la réalisation d'objectifs cloisonnés en toutes circonstances a quelque chose de réducteur, partant de barbare [1]. Le bougisme de nos dirigeants, leur

1. Cf. Jean-Pierre Le Goff, *Le Mythe de l'entreprise, critique de l'idéologie managériale*, La Découverte, 1992. Dans *La France morcelée* (Gallimard, Folio actuel, 2008), le même Le Goff s'inquiète de la dépolitisation de la politique au profit d'une approche compassionnelle de la réalité sociale. Lors de la dernière campagne présidentielle, les principaux candidats se sont faits les avocats d'une « France qui souffre » et ont promis d'agir comme des brancardiers du service social. Quelque chose du pouvoir et de sa gravité s'est perdu tandis qu'ils mettaient leur cœur sur la table comme des télévangélistes. Comment oublier le discours du 14 janvier 2007 à la Porte de Versailles, et ce ton digne de la confession publique d'un *born-again christian* : « J'ai changé parce que les épreuves de la vie m'ont changé. Je veux le dire avec pudeur, mais je veux le dire parce que c'est la vérité et qu'on ne peut pas comprendre la peine de l'autre si on ne l'a pas éprouvée soi-même. On ne peut pas partager la souffrance de celui qui connaît un échec professionnel ou une déchirure personnelle si on n'a pas souffert soi-même. J'ai connu l'échec et j'ai dû le surmonter. On ne peut pas tendre la main à celui qui a perdu tout espoir si l'on n'a jamais douté. Il m'est arrivé de douter. » Le paradoxe est que cet « homme ordinaire », qui s'est

haine répétée de l'immobilisme et du conservatisme, participent de cet activisme managérial à forte résonance puritaine. Persuadés que le fonctionnement de l'entreprise peut servir de modèle à l'ensemble de l'agir humain, ils regardent l'organisation du corps politique et les vieilles hiérarchies comme le fruit de la méchanceté de l'homme et de son hypocrisie – ce dernier mot revient d'ailleurs régulièrement dans les discours de ceux qui nous promettent l'avènement d'un monde plus fluide, plus transparent et plus direct, sans mesurer qu'il sera plus brutal [1].

C'est un comble de voir cette morale antipolitique s'acclimater chez nous. Comme si le salut pour « la France qui se lève tôt, qui travaille dur, qui se donne du mal pour nourrir sa famille et élever ses enfants », pouvait consister à s'enfouir dans la jungle urbaine avec la promesse de payer moins d'impôts, d'être soumis à moins de par-

présenté avec ses fragilités devant le peuple pour solliciter ses suffrages, ne contestait en rien la férocité d'un monde où l'individu est roi et la compétition acharnée. Au contraire. Toutes les références de cet homme nu renvoyaient au monde de l'entreprise et au culte de la performance.

1. L'extraordinaire « Casse-toi, alors, pauvre con ! » lancé le dimanche 24 février 2007 à un indélicat lors du Salon de l'agriculture, a d'ailleurs été justifié comme la réaction « naturelle » d'un homme refusant les injures. « C'est la transparence, il n'y a pas d'hypocrisie », a expliqué le Premier ministre. Comme si le contrôle de soi et la mesure de ce que l'on dit et de ce que l'on tait, ces conquêtes culturelles de l'homme sur lui-même, avaient été inventés pour dissimuler le mensonge social et que le retour du naturel ramenait à la vérité. Nature contre culture, c'est une alternative à bien prendre en compte pour ne pas être dupe de la proposition néolibérale.

tage, d'être obligé à moins de solidarité concrète, pour échapper à l'emprise de l'État pécheur, dépensier et gaspilleur, nouvelle Sodome qui empêche les individus de leur confirmer leur élection en travaillant plus et en gagnant plus. Comme si on ne pouvait pas concevoir d'autre modèle d'humanité que le marchand et le financier – des hommes affichant leur égoïsme décomplexé dans la limpidité de cristal du Marché. Dans un monde où de tels hommes font figure d'Élus, les pauvres sont forcément regardés comme des Non-Élus que leur paresse condamne. Cette idée qu'on croyait inconcevable dans une civilisation méditerranéenne qui a érigé Diogène, saint François d'Assise, le Quichotte de Cervantès et le prince Mychkine de Dostoïevski en modèles, s'est imposée sans heurts ni fracas dans une France sortie des années 1980 avec la gueule de bois. Ainsi la Grande Machine nous répète-t-elle tous les jours qu'il ne saurait y avoir de misérables, mais des profiteurs qui vivent de la rente et de l'assistance que leur accorde imprudemment l'État-providence. Ces exploiteurs du système incarnent la permanence du vice dans une société vertueuse. Car en plus d'être flemmardes, les classes dangereuses sont vicelardes. Dans *L'Illusion économique*, Emmanuel Todd a montré que les riches avaient été ravis, à la fin des années 1980, de découvrir qu'une partie des pauvres, désemparés par l'évolution chaotique du monde, accordaient leurs suffrages au Front national. « La "plongée" d'une proportion importante d'ouvriers ou, plus généralement, de membres des catégories populaires dans le vote Front national conduit à une situation sociologique et psychologique originale. Le pauvre, dans le regard du riche, commence d'être défini par son naufrage moral autant que par ses difficultés économiques [1]. »

C'est ainsi qu'un néopuritanisme sécularisé est devenu la religion incontournable des temps libéraux-libertaires. Dans l'état présent de son développement, le capitalisme marchand s'est doublé, d'un côté et de l'autre de l'Atlantique, d'une prédiction puritaine qui n'a plus besoin de Dieu ni de Bible, mais qui est aussi impitoyable, rigide et fermée que la parole des pèlerins de la Nouvelle-Angleterre.

Dans cet esprit, des groupes d'individus soustraits aux devoirs de la commune humanité pré-

1. Emmanuel Todd, *L'Illusion économique, essai sur la stagnation des sociétés développées*, Gallimard, 1998, p. 284. Fidèle à une méthode d'analyse inaugurée avec Hervé Le Bras dans *L'Invention de la France* (Hachette, Pluriel, 1981), Emmanuel Todd éclaire le mal français en expliquant pourquoi notre pays, écartelé entre le capitalisme individualiste anglo-saxon et le capitalisme intégré de l'Allemagne et du Japon, souffre de l'absence d'une conception claire de sa spécificité économique et sociale au moment où « la hausse du niveau culturel a conduit à un étirement de la stratification sociale ».

tendent aujourd'hui former de nouveaux camps des saints, élus non plus par Dieu mais par le Marché divinisé. L'exil fiscal sur des îles tropicales *offshore* permet même à ces multimillionnaires de se retrouver entre eux. Car puritanisme et communautarisme font bon ménage. Tous deux trahissent le même refus de l'universel, comme le prouve l'évolution de la société française, où le sentiment de la communauté tend à prendre l'avantage sur le sens civique ringardisé. Puritains d'hier et néopuritains d'aujourd'hui affichent le même anarcho-mercantilisme, la même décision de regarder la misère comme une tare, le même refus de la nature sociale de l'homme et des obligations liées à son appartenance à une communauté politique, la même adoration des propriétés régulatrices des *economic virtues*, le même évangile du travail.

L'égalitarisme messianique des néopuritains ne les empêche pas de maintenir des millions d'individus dans l'assujettissement et l'exclusion économique. Le puritain est un être cruel. Il lui semble normal de pénaliser la misère, de criminaliser la folie et de voir en tout délinquant un récidiviste potentiel. Et il est capable de s'infliger les souffrances auxquelles il voue les Non-Élus. À l'extrême, sa haine d'une société parasitée par toutes sortes de déviants se transforme en obsession hygiéniste et le fait basculer dans le racisme biologique. La permanence du rejet des immigrés dans les sociétés ouvertes n'est pas simplement l'une de ces « persistances des agrégats » chères au sociologue italien Vifredo Pareto : c'est l'effet d'un néopuritanisme qui favorise toutes les attitudes paranoïdes. En France, un député de droite a ainsi osé demander que les candidats au regroupement familial soient soumis à un test ADN. Dans un pays que deux mille ans de droit romain ont habitué à faire reposer la filiation sur la reconnaissance et non sur la génétique, c'est ça aussi, la rupture.

⁂

Pour me consoler des misères du temps, j'ai des joies simples. Je chante sous la pluie de janvier, j'écoute les oiseaux pépier à la cime des arbres dénudés. Je marche. La dissolution de la tristesse est un exercice physique. Je lis. On a besoin de routes et de livres pour calmer la vie. De retour de ma promenade, je reprends un volume des œuvres complètes de Bossuet. Pas tout à fait au hasard, j'ouvre le septième tome, où est reproduit un sermon prononcé pour la fête de la septuagésime[1], dont le résumé m'enchante : « Éminente

1. La septuagésime désignait jadis les soixante-dix jours qui précédaient Pâques. Encore un mot du monde d'avant qui n'a plus sa place dans le dic-

dignité des pauvres dans l'Église : leurs droits, leurs prérogatives : comment et pourquoi les riches doivent honorer leur condition, secourir leurs misères, prendre part à leurs privilèges. » Bossuet n'était pas du genre à proclamer : « Enrichissez-vous » pour l'agrément des zonnêtes gens, et moins encore « Travaillez plus pour gagner plus ». Son truc à lui, c'était « Appauvrissez-vous et vous trouverez la joie ». Authentique !... Jamais il ne lui serait venu à l'esprit de dénoncer les abus générés par l'aumône ou l'indolence des misérables. Il faut relire ses sermons. Ça nous change du prêchi-prêcha libéral sur la flexibilité du marché du travail... « Si tous les droits, si toutes les grâces, si tous les privilèges de l'Évangile sont aux pauvres de Jésus-Christ, ô riches, que vous reste-t-il, et quelle part aurez-vous dans son royaume ? Il ne parle de vous dans son Évangile que pour foudroyer votre orgueil : *Vae vobis divitibus* ! "Malheur à vous, riches !" Qui ne tremblerait pas à cette sentence ? Qui ne serait saisi de frayeur ?... Pour détourner ce coup de foudre, pour vous mettre heureusement à couvert de cette malédiction inévitable, jetez-vous dans l'aile de la pauvreté ; entrez en commerce avec les pauvres : donnez et vous recevrez ; donnez des

---

tionnaire. Trop ringards, trop visqueux, les vieux mots. De véritables freins à la croissance. À la trappe avec tout le reste !...

biens temporels et vous recevrez des bénédictions spirituelles : prenez part aux misères des affligés et Dieu vous donnera part à leurs privilèges. » Dans le genre baroque et incendiaire, il y a aussi Louis Bourdaloue, « immense moraliste, en pleine humanité et en pleine âme », qu'admirait Barbey d'Aurevilly. Son *Sermon sur les richesses*[1] vous fait passer Olivier Besancenot pour un Petit Chanteur à la Croix de Bois. Écoutez cette violence : « Il y a peu de riches innocents, peu dont la conscience doive être tranquille [...]. J'en appelle à votre expérience. Parcourez les maisons et les familles distinguées par les richesses et par l'abondance des biens ; je dis celles qui se piquent le plus d'être honorablement établies, celles où il paraît d'ailleurs de la probité, et même de la religion ; si vous remontez jusqu'à la source d'où cette opulence est venue, à peine en trouverez-vous où l'on ne découvre, dans l'origine et dans le principe, des choses qui font trembler. » L'explication de l'Évangile du mauvais riche (Luc XVI, 22) en forme de jeu de massacre est un

1. Cf. Louis Bourdaloue, « *Je détruirai ces maisons de plaisance* », *Sermon sur les richesses*, Bayard, 2004. « Comment se fait-il, demande Jérôme Leroy dans sa présentation, que Bourdaloue puisse paraître désormais, à proprement parler, *inaudible* ? Un gouverneur de banque centrale, un responsable patronal ou même un député social-libéral, à l'écoute de ce sermon, dans le meilleur des cas hausserait les épaules et, dans le pire, disqualifierait hâtivement et définitivement ces propos en les stigmatisant comme autant d'élucubrations populistes. Que s'est-il donc passé en l'espace de trois siècles ? »

exercice auquel les Pères grecs et latins s'étaient employés avec jubilation : Basile de Césarée dans ses homélies, Jean Chrysostome dans son commentaire de *L'Épître aux Philippiens*, Augustin dans *De l'origine de l'âme*, Jérôme dans son *Traité sur les vanités du siècle*. Bourdaloue prend leur suite et une intuition assez géniale lui fait comprendre la montée en puissance des intermédiaires et des manipulateurs de symboles dans l'ère capitaliste. « S'enrichir par une longue épargne ou par un travail assidu, c'était l'ancienne route que l'on suivait dans la simplicité des premiers siècles ; mais de nos jours, on a découvert des chemins raccourcis et bien plus commodes. Une commission que l'on exerce, un avis que l'on donne, un parti où l'on entre, mille autres moyens que vous connaissez, voilà ce que l'empressement et l'impatience d'avoir a mis en usage. »

J'entends les esprits ricaneurs moquer le vieux paternalisme, coupable à leurs yeux d'avoir repoussé l'heure de la Révolution. Ils ne voient pas que l'antique esprit de charité a été liquidé sans qu'advienne la crise structurelle du capitalisme et l'explosion attendue. La culture de patronage s'est perdue, mais pas l'appât du lucre. Bourdaloue me plaît qui s'écrie : « Malheur à l'homme qui veut sans cesse multiplier ses revenus, parce qu'en multipliant le sien, il y mêle infailliblement celui du prochain ! » Et Bossuet qui oblige ses auditeurs à voir en tout homme un égal : « Car étant tous pétris d'une même masse, et ne pouvant pas y avoir grande différence entre de la boue et de la boue, pourquoi verrons-nous d'un côté la joie, la faveur, l'affluence ; et de l'autre la tristesse, et le désespoir, et l'extrême nécessité ; et encore le mépris et la servitude ? Pourquoi cet homme si fortuné vivrait-il dans une telle abondance, et pourrait-il contenter jusqu'aux désirs les plus inutiles d'une curiosité étudiée ; pendant que ce misérable, homme toutefois aussi bien que lui, ne pourra soutenir sa pauvre famille, ni soulager la faim qui le presse ? »

Cher vieux Bossuet ! C'est le frère Philippe Verdin qui m'a offert les trente volumes reliés en toile rouge de l'édition de 1857 de ses *Œuvres complètes.* Ils provenaient du couvent dominicain d'Étiolles, dans l'Essonne. « Lorsque des vieux frères disparaissent, ils laissent derrière eux des bibliothèques qui n'intéressent plus personne », m'a-t-il expliqué avec tristesse. Philippe a raison d'être affligé. On ne lit plus Bossuet, partant on tourmente les pauvres et on offense Dieu.

Je pense aujourd'hui à toi, cher Philippe, parce que je t'aime bien. Tu as baptisé mon fils Paul-Jean et j'ai assisté à ton ordination sacerdotale, un joli après-midi de juillet à Lyon. Je t'ai même dédié un petit florilège intitulé *Malheur aux riches !* Te souviens-tu de cette anthologie où l'on retrouvait à la fois Bourdaloue et La Fontaine, Léon Bloy et Karl Marx, Pierre Joseph Proudhon et Leconte de Lisle ? La tradition catholique, la tradition socialiste et la tradition artiste réunies *motu proprio* pour faire front face à la bêtise néo-libérale… Tu devrais en lire des passages à quelques amis choisis, toi qu'on voit promener la robe blanche des fils de saint Dominique du côté de l'Élysée. Cette révérence au pouvoir en place est ce que les curés savent faire de pire. Georges Bernanos a écrit des pages de magnifique colère contre cette quête de reconnaissance et ce goût de la respectabilité dont les catholiques français ne parviennent pas à se débarrasser.

Parlons-en, de Bernanos, puisque tu étais du voyage à Rome, le 20 décembre 2007, au cours duquel Benoît XVI s'est vu offrir *L'Imposture* et *La Joie*. Il y avait aussi le cher Max Gallo, le sémillant Jean-Marie Bigard et la cheftaine scoute Emmanuelle Mignon [1]. J'imagine que c'est toi qui as eu l'idée de faire offrir au pape des éditions originales dédicacées de deux romans de

1. Le rôle joué par cette catho ultralibérale manifeste une étrange progression de l'esprit scout dans la République. Le caractère antipolitique du scoutisme ne peut pas convenir aux esprits forts. Et il y a eu quelque chose de bizarre à entendre Carla Bruni confier : « Je ferai de mon mieux » au magazine *L'Express* en février 2008. « De notre mieux », c'est la devise des louveteaux.

Bernanos. Je ne suis pas persuadé que le Saint-Père se soit laissé abuser. « Je les ai déjà lus en français dans la collection de la Pléiade », a-t-il joliment répondu. Ce ne devait pas être le cas de tous ses visiteurs. Il est probable que certains de tes compagnons ce jour prenaient jusque-là Bernanos pour une marque de sacs à main. N'importe. J'espère au moins que tu as pris le temps de lire quelques pages de *L'Imposture* et de *La Joie* à voix haute dans l'avion présidentiel avant d'atterrir à Rome. Trêve de plaisanteries. Philippe, tu sais que ce qui se passe aujourd'hui en France aurait arraché à Bernanos des hurlements de bouledogue vivisectionné. Tu as lu *Scandale de la vérité* et *Nous autres, Français*. Tu te souviens qu'il vomissait l'instrumentalisation de la religion catholique envisagée comme un outil de gouvernement et une règle d'hygiène sociale. Nous vivons une nouvelle grande peur des bien-pensants, la bourgeoisie française est plus borgne et bête que jamais, c'est un comble d'invoquer Bernanos pour le faire oublier.

Philippe, comment as-tu pu applaudir un discours identitaire de réarmement catholique sans la moindre référence à la promesse évangélique de justice, toi qui appartiens à un ordre mendiant, toi qui es moine ? C'est parce que je crois que les moines sont les moins curés de tous les curés, parce que j'admire les dominicains lorsqu'ils se font tuer par les nervis des grands propriétaires terriens en Amérique latine, que je ne comprends pas ce qu'un frère prêcheur est venu faire dans cette galère. Philippe, ce n'est pas possible d'avoir apprécié ce discours prononcé dans la basilique Saint-Jean-de-Latran, dans lequel on apprenait que « dans la transmission des valeurs et dans l'apprentissage de la différence entre le Bien et le Mal, l'instituteur ne pourra jamais remplacer le curé ou le pasteur, même s'il est important qu'il s'en approche, parce qu'il lui manquera toujours la radicalité du sacrifice de sa vie et le charisme d'un engagement porté par l'espérance ». Comment oser parler de cette manière des professeurs envoyés en première ligne de la rupture du lien social ? Il faut un peu plus d'âme pour enseigner dans un collège difficile que pour vendre des téléphones portables. Le comble, c'est qu'il était question de Pascal, de Bossuet, de Péguy, de Bernanos, de Mauriac, de Maritain, de Congar et de René Girard quelques minutes auparavant.

Mais il fallait lire ces auteurs, au lieu de les utiliser comme les phares et balises d'un *name-dropping* frimeur.

Philippe, tu connais *L'Argent* de Charles Péguy, tu te souviens des pages splendides dans lesquelles le poète rappelle que deux métaphysiques qu'on pouvait croire opposées, celles du curé et celle de l'instituteur, étaient complémentaires dans le monde d'avant : « Nous aimions l'Église et la République ensemble, et nous les aimions d'un même cœur, et c'était d'un cœur d'enfant, et pour nous c'était le vaste monde, et nos deux amours, la gloire et la foi. » On ne peut pas opposer la morale laïque des instituteurs de la IIIe République – cette morale que des jeunes professeurs se font aujourd'hui un devoir de perpétuer sous l'orage marchand – et la vieille morale chrétienne, la morale traditionnelle. Elles ont le même enracinement. Celui qui croyait au ciel et celui qui n'y croyait pas n'avaient pas le même point de vue, mais tous deux comprenaient par exemple qu'on ne travaille pas le dimanche.

Je conçois, mon cher Philippe, que tu aies soufflé avec bonheur quelques mots pour provoquer la gauche laïcarde. C'est tellement rigolo d'exaspérer les imbéciles. Je voudrais simplement te rappeler ici que, pour un catholique du XXIe siècle, l'ennemi ce ne sont pas les sectateurs du petit père Combes mais le nouvel hédonisme laïque qu'ont engendré l'économie libérale et la sécularisation des activités humaines. Ce n'est pas les écrits scouts de Baden Powell qu'il faut relire, mais les textes de Pasolini sur le nouveau fascisme de la société de consommation [1]. À ce propos, les

1. « L'Église pourrait être le guide, grandiose mais non autoritaire, de tous ceux qui refusent […] le nouveau pouvoir de la consommation, qui

discussions autour de la légitimé du maintien d'un jour de repos hebdomadaire le dimanche sont exemplaires. On y voit comme d'habitude l'esprit de conquête libéral attaquer les vieilles solidarités traditionnelles. Face à lui, l'Église et les syndicats laïques se retrouvent pour exiger que le dimanche demeure un jour chômé. C'est qu'ils ont de l'homme, de sa nature sociale et de sa place dans le monde, des conceptions moins opposées qu'on ne le croit. Mon cher Philippe, comment l'aurais-tu oublié ? C'est à cause de l'obsession de la rationalité économique des modernisateurs libéraux que les Français ont failli ne plus chômer le lundi de Pentecôte. Pas à cause de l'impiété laïque.

⁂

Chacun ses motifs d'exaspération. Pour Pierre-Louis Basse, c'est la bacchanale du Fouquet's, le soir du dimanche 6 mai 2007, et le détournement de la dernière lettre de Guy Môquet quelques jours plus tard [1] ; pour Saint-Roy, c'est l'étude de

---

est complètement irréligieux, totalitaire, violent, faussement tolérant et même plus répressif que jamais, corrupteur, dégradant » (Pier Paolo Pasolini, *Écrits corsaires*, traduit de l'italien par Philippe Guilhon, Champs-Flammarion, 1987, p. 121).

1. Pierre-Louis Basse, *Guy Môquet au Fouquet's*, Éditions des Équateurs, 2007. Où l'on découvre les désagréments auxquels on s'expose en détroussant le cadavre d'un enfant fusillé.

La Princesse de Clèves réduite à un instrument de torture ; pour d'autres, ce sont les cadeaux fiscaux faits aux riches, le mauvais goût, le rire gras des copains, la présence continuelle sur le dos des kiosques parisiens qui fait ressembler la vieille capitale au Bagdad de Saddam Hussein.

Pour mézigue, c'est le discours de réarmement identitaire catholique prononcé le 20 décembre 2007 en la basilique Saint-Jean-de-Latran à Rome. Qu'il me soit permis de me ranger parmi les méfiants… J'ai toujours un peu de mal à rester calme lorsqu'on évoque le christianisme sans qu'il soit question de la « figure absolument belle du Christ », dont parle Dostoïevski. J'en fais une affaire personnelle : lorsque Bernanos sert de cache-misère au pharisaïsme, je me crois autorisé à soutenir ses positions avec la rugosité du chien de garde défendant la maison du maître absent. Que la France couverte de cloîtres romans et de nefs gothiques, que la France des cathédrales et de la chevalerie dont les villes ont pour noms Saint-Brieuc, Saint-Malo, Saint-Benoît, Saint-Denis, Saint-Étienne et Saint-Quentin, soit une terre catholique, cela va sans dire. Mon arrière-grand-père Roger Jolivet, qui saucissonnait tous les vendredis saints, le reconnaissait à sa manière en respectant le calendrier en usage dans son pays. Jusqu'à preuve du contraire, la « laïcité de combat » n'a pas réussi à empêcher les grandes fêtes catholiques d'être des jours fériés. Dans les collèges et les lycées, ce sont les élèves musulmans et juifs qui doivent solliciter de la hiérarchie des dérogations spéciales pour honorer leur calendrier religieux. Que la France soit une terre catholique, cela va sans dire, mais *temporum ratione habita*, je suis tenté de soutenir que ça va mieux en le taisant. En ces temps de choc des civilisations, on est mieux regardé qu'écouté. Et comme une bonne mère française me l'a appris, la vraie religion est discrète. Le défi est de la vivre, pas de la raconter. La laïcité agressive peut bien empêcher tous les signes ostentatoires qu'elle voudra, elle n'empêchera jamais aucun chrétien de devenir un saint si la fantaisie lui en prend. Dans la confusion du temps où nous sommes, l'invocation intempestive[1] du nom de Dieu et l'insistance sur les « racines chrétiennes de la France », que le pouvoir temporel aurait pour étrange mission d'« assumer » et même de « valoriser » – mais que feraient donc les curés pendant ce temps-là ? –, ne peut pas s'entendre comme un message spirituel. L'arrière-pensée politique est grossière. Il s'agit d'abord de rassurer une bourgeoisie française angoissée de ne plus croire à ce

1. Intempestive et surtout blasphématoire pour qui se souvient de l'avertissement de l'Exode (20,7) qui fonde le troisième commandement : « Tu n'invoqueras point le nom de l'Éternel ton Dieu en vain ; car l'Éternel ne laisse point impuni celui qui prononce Son nom en vain. »

qu'elle croit face à un Islam conquérant en lui proposant une réappropriation identitaire du « fait religieux ». Il n'y a pas une once de justice ou de déraison évangélique là-dedans. On comprend bien qu'il s'agit de trouver de nobles motifs à l'autisme social des rupins en défendant « la liberté pour les parents de faire donner une éducation conforme à leur conviction », au moment où le caractère confessionnel de l'enseignement libre se dilue de plus en plus. Dans ses fumeux projets de libération de la croissance française, le commissaire Attali ne s'est pas encombré de tant de tartuferie, même s'il a fait semblant d'être allé observer en Suède une réforme que les ultralibéraux et le Front national réclament en France depuis vingt ans : substituer à la gratuité et à l'universalité de l'enseignement laïque un système de chèques qui permettrait aux parents de s'acquitter des frais de scolarité de leurs enfants aussi bien dans le privé que dans le public. On voit bien quels égoïsmes s'agitent derrière cette idée, mais remercions notre chasseur de freins à la croissance d'avoir défendu des intérêts de classe au nom de la liberté scolaire sans mouiller le bon Dieu dans l'affaire.

À Saint-Jean-de-Latran, le propos fut également de célébrer la merveille fonctionnelle du catholicisme romain : « Un homme qui croit, c'est un homme qui espère. Et l'intérêt de la République, c'est qu'il y ait beaucoup d'hommes et de femmes qui espèrent. La désaffection progressive des paroisses rurales, le désert spirituel des banlieues, la disparition des patronages, la pénurie de prêtres, n'ont pas rendu les Français plus heureux. » On croit rêver. Cette confusion des ordres entre le spirituel et le temporel est stupéfiante. Ce n'est pas au souvenir de la séparation de 1905 que j'en appellerai ici, mais à la haute mémoire de Guillaume de Nogaret, qui gifla le pape Boniface VIII au nom du roi de France Philippe le Bel en 1303. Une autre époque.

Et ce mot *intérêt*, qui sent la boutique et la banque, l'usure et la tyrannie financière, invoqué à propos de l'espérance... Les voltairiens ont eu tort de se mettre en colère. Il épouse très précisément les conceptions de l'ermite de Ferney, qui envisageait les diverses religions – juive, chrétienne, mahométane – de ce point de vue affreusement utilitaire. C'est d'ailleurs dans ce sens qu'il écrivait : « Si Dieu n'existait pas, il faudrait l'inventer. » Pour que les ouvriers travaillent plus sans réclamer plus ; que les employés ne tapent pas dans la caisse et que les domestiques ne rentrent pas chez eux avec de la vaisselle en argent dans les poches.

Ce catholicisme soulagé du « venin de Magnificat » – « Il a renversé les potentats de leur trône et élevé les humbles. Il a comblé de biens les affamés et renvoyé les riches les mains vides » (Luc, I, 52-53) –, ce christianisme de paroisse riche délesté de sa promesse de victoire à la fois scandaleuse et déraisonnable – « Nous proclamons, nous, un Christ crucifié, scandale pour les Juifs et folie pour les païens » (Cor, I, 23) –, cette façon de célébrer l'utilité sociale de l'Église catholique, c'est ce que Georges Bernanos détestait chez Charles Maurras.

« L'Église est autre chose que le Temple des Définitions du Devoir, une Vaste École de Morale et de Religion », rugissait-il. C'est ce qui a nourri la colère qu'il fait éclater dans *Nous autres, Français.* « En proclamant le bienfait social de l'Église, la majesté de sa hiérarchie, la prudence de ses diplomates, la profonde psychologie de ses casuistes, les services rendus par elle aux humanités gréco-latines, l'opulence raffinée de ses papes de la Renaissance, croit-on que M. Maurras ait beaucoup de chance de ramener le peuple au catholicisme ? C'est par la charité du Christ que les pauvres diables sont introduits dans son Église, l'autre voie restant ouverte aux hommes d'État et aux banquiers. » L'alternative est claire. Il y a d'un côté ceux qui célèbrent l'Église de l'Ordre pour ses vertus sociales et de l'autre ceux que leur foi persuade que l'Église latine et sa « religion de perdants [1] » a pour vocation d'être l'Église du Désordre dans un monde de gagnants. De Léon XIII à Benoît XVI, les encycliques sociales de ses papes ont confirmé son statut de seule internationale anticapitaliste qui tienne. Son enseignement a pour vocation d'enflammer le monde. Sa promesse n'est pas de fournir un supplément d'âme à des démocraties-marchés que des années de compétition et d'instabilité ont rendu dépressives.

1. À ce propos, il faut lire le texte plein de finesse et d'ironie de Simon Leys sur Don Quichotte. « Comme il refusait obstinément d'ajuster "l'énormité de son désir" à la "petitesse de la réalité", il était voué à un perpétuel échec. Seule une culture fondée sur une "religion de perdants" pouvait produire un pareil héros. Cependant, nous devrions aussi nous souvenir de ceci [...] : les gens qui réussissent sont ceux qui savent s'adapter à la réalité. En revanche, ceux qui persistent à vouloir élargir la réalité aux dimensions de leur rêve échouent. Et c'est pourquoi tout progrès humain est dû en définitive aux gens qui échouent » (Simon Leys, *Protée et autres essais*, Gallimard, 2001, p. 44).

L'autre jour, j'ai trouvé Saint-Roy de mauvaise humeur. On le devinait à la manière qu'il avait de faire pianoter sa main droite sur son bureau. Et à un certain éclat de colère dans ses yeux. Il avait lu dans le journal du matin des choses qui lui avaient déplu. Nous étions assis l'un en face de l'autre, dans la pièce qui lui sert à la fois de chambre et de bibliothèque, au milieu des livres et des papiers.

– Ils nous parlent de privilèges, d'héritages et de rentes triomphantes à abattre. Ils veulent en finir avec tous les conformismes… Des types qui roulent dans des voitures avec chauffeur aux frais de la princesse, qui exigent de recevoir le salaire annuel d'un ouvrier pour parler deux heures à des grands patrons, qui frayent avec la chaud-bise et qui habitent des hôtels particuliers. Où va-t-on ?

– C'est l'élite qui se révolte contre le peuple, le centre qui part à l'assaut de la périphérie, le discours dominant qui se grime en discours dissident… Un renversement de situation auquel nous commençons à être habitués.

– Quand je les entends, je ne peux pas m'empêcher de penser au Mexique, à son Parti révolutionnaire institutionnel. Nous en sommes là. Nous avons, à la tête de l'État, des hommes et des femmes qui prônent la révolution permanente.

– Et ce sont les pauvres qu'on accuse d'être conservateurs.

– On l'a observé tout au long de l'histoire de France. Il n'y a pas si longtemps qu'un maréchal défaitiste a parlé de révolution nationale… Déjà, l'invocation du salut public servait de prétexte tyrannique au pouvoir. Et déjà les polytechniciens planificateurs juraient de moderniser la France aux forceps. Le grand ancien de Jacques Attali, c'est Jean Bichelonne, le ministre de la Production industrielle de Vichy. J'en connais qui reprendraient bien son programme : « Il faut débarrasser la France de trois fléaux : les chrétiens, les socialistes et les paysans. »

– Oui, mais il y a des choses nouvelles dans ce qu'on observe présentement. La mobilité de l'adversaire, son arrogance décomplexée, sa capacité à attaquer partout à front renversé, son habileté à truquer jusqu'au sens même des mots… À force de chercher des analogies historiques, on se condamne à ne rien voir.

– Je suis moins formel que toi. La révolution menée par les élites contre le peuple, c'est toute l'histoire du capitalisme moderne depuis deux siècles.

– Je sens que tu vas nous ressortir Marx et Engels de leur naphtaline.

– Pourquoi pas ?

Interrompant son propos, Saint-Roy s'est levé de sa chaise et s'est dirigé vers sa bibliothèque où il a retrouvé un volume relié en cuir vert et doré à l'or fin. C'est son côté dandy, à Saint-Roy. Il lit Marx, mais dans la Pléiade.

– *Le Manifeste du parti communiste*, page 164 dans l'édition de Maximilien Rubel… Écoute bien… « La bourgeoisie ne peut exister sans bouleverser constamment les instruments de production, donc les rapports de production, donc l'ensemble des conditions sociales. Au contraire, la première condition d'existence de toutes les classes industrielles antérieures était de conserver inchangé l'ancien mode de production. Ce qui distingue l'époque bourgeoise de toutes les précédentes, c'est le bouleversement incessant de la production, l'ébranlement continuel de toutes les institutions sociales, bref la permanence de l'instabilité et du mouvement… »

– Le mouvement pour bouger : nous y sommes.

– Cette page est étonnante. Elle a une beauté de terrible majesté. Je crois que c'est le moment le plus poétique de l'œuvre de Marx. J'aime bien ce qu'il écrit un peu plus haut… « La bourgeoisie a joué dans l'histoire un rôle éminemment révolutionnaire. Partout où elle est parvenue à dominer, elle a détruit toutes les conditions féodales, patriarcales, idylliques. Impitoyable, elle a déchiré les liens multicolores qui attachaient l'homme à son supérieur naturel, pour ne laisser subsister d'autres liens entre l'homme et l'homme que l'intérêt tout nu, le froid "paiement comptant". Frissons sacrés et pieuses ferveurs, enthousiasme chevaleresque, mélancolie béotienne, elle a noyé tout cela dans l'eau glaciale du calcul égoïste… »

– Intéressante, cette idée de liens multicolores.

– Très jolie, surtout.

– Et c'est drôle, je n'avais jamais remarqué ce mot, mélancolie.

– Il figure pourtant en toutes lettres dans le texte. Je ne sais pas ce que dit l'original allemand… *Die Melancholie, die Schwermut, die Wehmut* ?

– Je te laisse choisir[1]. Moi l'allemand, ce qui m'en reste, c'est : « *Wer reitet so spät durch Nacht und Wind ? Es ist der Vater mit seinem Kind…* »

---

1. Renseignements pris, le texte allemand évoque « *der spiessbürgerlichen Wehmut* » (Karl Marx/Friedrich Engels, *Manifest der Kommunistischen Partei*, Reclams Universal-Bibliothek, Stuttgart, 1969, p. 22).

– Niveau troisième.

– À peine. Mais revenons à la mélancolie, c'est le côté Dürer de Marx, son goût pour la pointe sèche, sa façon de tirer l'avenir du chaos du passé.

– Marx est double. Il se réjouit de voir la puissance mécanique de l'histoire tout écraser et en même temps, il trahit certaine tendresse pour ce monde d'avant que le mouvement qu'il appelle de ses vœux va engloutir. Écoute bien... « Tout ce qui était solide, bien établi, se volatilise, tout ce qui était sacré se trouve profané... »

– Et aujourd'hui, nous entendons le monstre cogner au carreau de l'auberge.

– C'est la raison pour laquelle la lecture de Marx n'est pas si frivole que tu le crois. Je m'obstine à penser que son analyse de la valeur dans *Le Capital* et que sa critique de la bourgeoisie dans le *18 Brumaire* sont indépassables.

– Si tu veux. Il n'empêche que l'erreur de Marx est triple. Il a cru que l'histoire avançait de manière linéaire, alors qu'elle est faite de tours et de détours. Le New Deal de Roosevelt et l'État-providence français des Trente Glorieuses que les marxistes orthodoxes refusaient de défendre en vue de la fin de l'histoire ont volé en éclats. C'est un bond en avant ou un retour en arrière ? Deuxième erreur de Marx, il a exalté l'instinct, l'intelligence et le courage révolutionnaire de la classe ouvrière sans mesurer la puissance d'intégration culturelle du capitalisme. Les marchands de téléviseurs à écran plat se portent bien et la putréfaction des forces productives de la bourgeoisie se fait toujours attendre... Troisième erreur, la plus funeste à mes yeux, Marx a fondé son projet révolutionnaire d'émancipation humaine sur la gestion collective des moyens de production. Par là, il a pris acte de la transformation de l'homme en travailleur sans songer à refouler et à inverser le mouvement. Marx est le penseur de la technique, pas celui de la vie.

II

La liberté c'est l'esclavage

Marx est mort, les marxismes ont muté et il ne reste plus aujourd'hui que les économistes libéraux pour réserver à l'homme une condition d'*animal laborans* et lui promettre une émancipation par le travail avec des formules qui donnent le vertige à toute personne qui a deux sous de philosophie politique. Nous avons connu au lycée quelques bons maîtres nourris aux mamelles de Hegel et Marx, qui nous ont initiés à la dialectique du maître et de l'esclave. Nous lisions en cachette *L'Éthique à Nicomaque* d'Aristote pendant qu'ils faisaient couiner les pistons du chapitre IV de *La Phénoménologie de l'esprit*... « La conscience travaillante en vient ainsi à l'intuition de l'être indépendant, comme intuition de soi-même. Elle se pose elle-même comme négative dans l'élément de la permanence et devient ainsi pour soi-même quelque chose qui est pour soi. » Nous croyions la page tournée, mais la prédiction libérale nous y ramène. Pour l'hégélianisme, il est toujours de la foi et des apôtres pour expliquer que dans le monde de la technique, le travail libère l'esclave de son maître en le rendant maître de la nature et en métamorphosant le monde donné, car en même temps qu'il transforme le monde par son travail, l'esclave travailleur dépasse le donné et son maître non-travailleur qui laisse le donné inchangé…

Vous avez suivi, ou je recommence dans l'autre sens ? La servitude laborieuse est la source de tout progrès humain… Ou, pour le dire comme George Orwell dans *1984*, la liberté c'est l'esclavage.

Aucun apôtre du Marché, ni aucun économiste du travail n'énonce évidemment la morale néolibérale en des termes aussi explicites. Mais il suffit d'écouter ce qui se dit et s'écrit partout pour l'entendre : c'est encore et toujours le renversement final de la dialectique du maître et de l'esclave dans l'État universel enfin réalisé que promettent les théoriciens libéraux à longueur de prône. La question qui se pose est de savoir combien de temps l'esclave devra travailler avant d'avoir raison de son maître non-travailleur. On songe à l'embarras du Chigalev des *Possédés* de Dostoïevski, lorsqu'il expose son plan pour changer le monde : « Je dois déclarer que mon système n'est pas tout à fait au point, que ma conclusion est en contradiction directe avec l'idée qui m'a servi de point de départ. Partant de la liberté illimitée, j'aboutis au despotisme sans limites. » On décèle la même confusion dans les explications des apôtres du Marché. À ceux qui s'inquiètent de la cruauté de son fonctionnement, ils répètent que « dans des rapports de travail, le plus fort communique de la force au plus faible ». Pour un tel résultat, le faible peut bien souffrir des années de réajustements, de flexibilité et de bas salaires. La fin de l'histoire ne justifie-t-elle pas sa rigueur ? Un despotisme sans limite n'est-il pas le prix à payer pour aboutir à une liberté illimitée ? Ce n'est pas un hasard si les hommes et les femmes qui excusent la dureté des sociétés capitalistes avancées au Forum économique mondial de Davos sont souvent d'anciens gauchistes passés avec armes et bagages au service du Capital. À travers eux, on comprend que l'avenir du marxisme-léninisme – avec sa promesse de transformation du monde par le travail, de société sans classes, de dépérissement de l'État et d'accouchement final d'une société libre de contradictions clôturant le processus historique – réside dans le libéralisme. Archéomarxistes et néolibéraux s'accordent pour donner au travail le même caractère émancipateur dans une histoire orientée par le progrès.

La France aura connu, au tournant des années 2007-2008, un ministre de l'Économie, des Finances et de l'Emploi dont on aurait probablement oublié le nom s'il n'avait prononcé un discours sur le travail qui restera dans l'histoire aussi emblématique que celui que François Guizot prononça lors d'une séance à la Chambre des députés, le 1er mars 1843, et au cours duquel il proclama aux sujets de Louis-Philippe : « Enrichissez-vous ! » J'ai cherché une formule aussi saisissante dans les propos tenus par Christine Lagarde à l'Assemblée nationale, mardi 10 juillet 2007, j'ai traqué le trait qui ferait passer ce Sermon sur le travail à la postérité – car ce discours va rester, il datera le moment précis où certains esprits lucides et désolés à la fois ont compris qu'il était temps de faire demi-tour.

Je n'en ai pas trouvé d'aussi évocateur ni d'aussi ramassé, même si le texte de Mme le ministre de l'Économie, des Finances et de l'Emploi, repris ligne à ligne, s'est révélé cousu de jolies perles… « Le travail fait de l'individu le seul responsable de son propre parcours […]. Le contrat social, aujourd'hui, il se décline en contrats de travail […]. Le travail engendre le travail. À l'intérieur de ce cercle vertueux, le pays tournera enfin à plein régime… » On a du mal à prendre au sérieux cette survalorisation messianique du travail, censé à la fois déterminer les qualités d'une vie, fonder le lien social et offrir le secret du mouvement perpétuel. Il convient pourtant de le faire. Je ne suis pas d'accord avec ceux qui ont souri en découvrant ce gloubiboulga idéologique et ont conclu en riant que la délicieuse Christine Lagarde avait atteint son niveau d'incompétence en s'installant à Bercy. Dans ce Sermon sur le travail, on retrouve l'écho des théories en vogue dans les cercles dirigeants anglo-américains depuis trente ans. Il est un vocabulaire qui ne trompe pas. Par exemple, lorsque Mme le ministre explique que les jeunes sont notre « capital humain » ; c'est ainsi que l'économiste néoclassique Gary Becker a rebaptisé la force de travail des salariés pour tenter de lui donner une manière d'humanité qu'elle n'aura jamais. Ou bien qu'elle évoque les « trappes à inactivité », pur produit du mythe du non-travail volontaire qui infeste les hypothèses des Chicago Boys. Ce qui ne laisse pas d'étonner, c'est que ce discours extrémiste sous ses airs onctueux ait pris pied en France. Du temps de ma jeunesse, je m'étais laissé convaincre de la coexistence de deux capitalismes. D'un côté, un capitalisme rhénan, acclimaté en France, au Benelux et en Allemagne, acceptant voire encourageant la protection sociale, l'opposition syndicale et la réglementation du droit du travail. De l'autre, un capitalisme anglo-américain dérégulateur accusant les systèmes de protection et d'assistance sociales de créer des déséquilibres sur le marché du travail et donc de générer du chômage. Il faut croire que cette nuance n'a plus cours.

Avocate pendant vingt-cinq ans au cabinet Baker & MacKenzie de Chicago, Christine Lagarde a contracté la haine de l'assistance et des rentes au contact de la rude école des milieux d'affaires américains. « Rien ne tisse mieux que le travail des liens entre les hommes », explique-t-elle, disqualifiant avec brutalité – outre l'amour – la relation d'amitié, l'affection de parent à enfant ou la communion de maître à élève dans l'*eros* de la vérité. On peut remonter à Guizot et à l'exploitation du peuple par une bourgeoisie cupide sous Louis-Philippe, à Turgot et aux utopies des Lumières, jamais on ne trouvera, dans la bouche d'un responsable français, une telle célébration du travail exalté pour ses vertus auto-fluidifiantes et autorégulatrices. « Travaillez plus et vous multiplierez l'emploi. Dépensez plus et vous participerez à la croissance. Gagnez plus, et vous augmenterez le pouvoir d'achat ! » Je ne voudrais pas céder à la *reductio ad hitlerum*, mais il ne faut pas pousser très loin ce discours pour aborder les rives dangereuses du « *Arbeit macht frei* » des nazis. « Le travail rend libre », pour conclure ce sermon, aurait été un peu fort, mais pourquoi pas ? L'absence d'arrière-pays littéraire, historique et philosophique autorise nos élites déculturées à manier des images dont elles ignorent le sens complet.

Ainsi l'expression « valeur travail ». Dans la bouche de Mme Lagarde, on ne sait pas très bien si elle doit s'entendre au sens que lui donne Karl Marx en son *Capital* – la quantité de force de travail dépensée dans la production d'une marchandise –, ou bien si c'est une formule un peu flottante employée pour célébrer le travail comme valeur morale – façon Travail, Famille, Patrie. Très à la mode dans la littérature managériale de ce début de siècle, cette notion est une tarte à la crème dans les discours des hérauts de la droite révolutionnaire qui s'est installée aux affaires en France au printemps 2007. En invoquant la crise de la valeur travail, Christine Lagarde n'entendait manifestement pas dénoncer le partage de plus en plus inégalitaire de la plus-value en faveur du Capital dans les économies dérégulées. Elle ne visait pas non plus le travail caché ou le travail gratuit exigé des nouveaux arrivants sur le marché sous forme de stages ou de périodes d'essai non rémunérés. Ce qu'elle voulait, c'est déplacer les débats sur le terrain des valeurs pour éviter qu'ils aient lieu sur celui du travail proprement dit : sa définition, son organisation, sa raréfaction, sa rétribution, ses qualités. Ainsi la question de la rupture des équilibres sociaux est-elle discrètement évacuée au profit d'un discours moralisateur qui renvoie les salariés aux valeurs de leur comportement.

Les riches du siècle vont ainsi désormais. Non contents de gagner dix, cent ou mille fois plus que les travailleurs appauvris, ils entendent leur faire une leçon de morale permanente – même si c'est d'une morale nouvelle, ouverte, écologique, hédoniste dont il s'agit. *Travaillez plus !… Arrêtez de fumer !… Faites du sport !… Ne vous exposez pas au soleil !… Mangez des légumes !… Surveillez votre cholestérol !… Attachez votre ceinture !… Éteignez votre portable !… Roulez moins vite !…*

On ne peut pas reprocher à la bourgeoisie française de ne pas bichonner sa force de travail. Campagnes d'affichage, messages radiophoniques, spots publicitaires : la Grande Machine n'économise pas ses efforts pour ramener les classes laborieuses dans le droit chemin du goût du salaire mérité. Car il existe des salaires immérités, ne le saviez-vous pas ? Je ne parle pas des revenus du Capital, des stock-options, des loyers du foncier, des jetons de présence ou des primes à la casse, dûment justifiés ceux-là. Non, les salaires immérités sont perçus par tous ceux qui croient qu'on peut travailler moins pour travailler mieux, ceux qui pensent au lieu d'agir ou par ces hordes de chômeurs volontaires tapis dans les trappes à inactivité.

⁂

La pesanteur des intérêts du temps et la quantité de mensonges qu'on entend chaque jour à propos du travail me donneraient presque envie d'emboîter le pas à Paul Lafargue, le gendre français de Karl Marx, pour célébrer après lui *Le Droit à la paresse.* Ce serait l'occasion de réhabiliter Proudhon, son vieux socialisme anarchiste et conservateur écrasé sous le talon de fer marxiste depuis un siècle et demi. L'occasion, également, de rappeler que la paresse dont Lafargue a fait un droit – à la grande frayeur de Mme Lagarde qui le dénonce dans son Sermon sur le travail [1] – ne figure dans la liste des péchés capitaux chez aucun théologien du Moyen Âge. À sa place, les Pères condamnaient l'acédie, relâchement volontaire de l'âme. C'est à la toute fin du Moyen Âge que l'usage populaire a substitué la paresse à l'acédie dans la sagesse populaire [2]. Dans l'impitoyable

1. Il est intéressant d'observer que son discours propose au peuple français d'accomplir un « véritable tournant démocratique », à la fois contre l'éloge libertaire de la paresse et contre la tradition aristocratique du mépris pour le travail. La vraie démocratie enfin réalisée après avoir vaincu l'esprit libertaire et l'esprit aristocratique : ce n'est pas nous qui le disons.

2. À en croire Robert Fossier (*Le Travail au Moyen Âge*, Hachette, Pluriel, 2007, p. 286), c'est au XIIIe siècle, lorsque « le progrès de la production

monde moderne, les péchés les plus graves ne concernent plus la vie spirituelle, mais le travail, la production et le profit. La dénonciation de la paresse dans sa dimension antiproductiviste ne pouvait pas avoir de sens pour les hommes du vieux monde. C'est la lâcheté, paresse du cœur, qui leur faisait horreur, pas celle des bras. Dans *La Divine Comédie* (*L'Enfer*, XXIV, 46), Dante reproche au paresseux de s'être épargné l'effort de chercher la gloire, non pas d'avoir négligé de transformer le monde par l'action sur les choses et l'univers matériel. « *Omai convien che tu cosi ti spoltre* », écrit-il : « Il faut maintenant que tu cesses d'être poltron. » Le français « poltron », cousin du toscan *poltre*, vient de l'italien *poltrone*, paresseux, mais au sens moral, comme *il poledro*, le poulain indompté. Il a fallu toute la rigueur matérialiste de la civilisation industrielle pour qu'un homme se soit senti obligé de célébrer le droit à la paresse. Dans le monde d'avant, personne n'aurait songé à proclamer le *droit à la poltronnerie*. Ni à faire l'éloge de l'activité ou à présenter la société dans sa totalité comme une société de travailleurs. Les vieilles hiérarchies n'avaient pas encore été renversées. Il était naturellement entendu que l'homme, dans sa volonté

l'emporte sur l'amour du prochain », que s'opère le tournant et que les mendiants accusés de paresse sont considérés comme indignes de pitié.

de survivre, était obligé de s'employer à certaines activités par nécessité. Mais en aucun cas celles-ci n'avaient les qualités requises pour fonder une morale. En tant qu'elle implique la soumission à un objet extérieur, une activité utilitaire ne peut pas augmenter la dignité de l'homme. C'est la raison pour laquelle la lutte pour le pain quotidien aura toujours plus de valeur que la contemplation et que l'amour. Dans l'Antiquité, le travail employé à subvenir aux besoins de la vie organique était regardé avec mépris. La dépense intellectuelle était la mieux considérée de toutes les occupations humaines, en tant qu'elle sollicitait la partie la plus noble de l'homme. Et les vertus inactives, comme la gravité, la personnalité et l'honneur avaient l'avantage sur les vertus actives telles que le travail et l'effort.

Parmi tant de ruptures qui nous suggèrent de saluer le monde d'hier avec un mouchoir blanc comme un paquebot qui s'en va, une des plus barbares est le renversement de hiérarchie entre la vie active, qui concerne le monde de la production, et la vie inactive, qui n'est ni laborieuse, ni mercantile [1]. Ce renversement n'est pas tout à fait

1. Dans *La Condition de l'homme moderne* (1958), un livre indispensable pour élucider la crise qui touche présentement non pas la valeur travail, mais le travail lui-même, la philosophe allemande Hannah Arendt parle de *vita activa* et de *vita contemplativa.* Elle établit également une

nouveau. Des historiens du Moyen Âge et de la Renaissance l'ont observé entre le XIIIe et le XVIe siècle. Des spécialistes de philosophie politique l'ont repéré dans *La Richesse des nations* d'Adam Smith et *L'Idéologie allemande* de Karl Marx. Mais il n'a jamais proclamé avec autant de bonne conscience ni de conviction. Même le vieux matérialisme des socialistes français de jadis – Guesde, Jaurès, Blum – et leur invocation de la morale de l'atelier, ne les a jamais menés à négliger aussi crânement le ciel des Idées.

L'anti-intellectualisme est une tentation permanente de la droite française. Génération après génération, de mauvais génies lui suggèrent de prendre enfin parti pour Créon contre Antigone, pour l'éthique de responsabilité contre l'éthique de conviction, pour ceux qui agissent contre ceux qui pensent. De Chateaubriand à François Mauriac, elle a heureusement réussi à fabriquer des anticorps. Mais aujourd'hui, elle subit une épidémie de dépression immunitaire. Pour la première fois de son histoire, notre pays est dirigé par des individus qui se font une gloire de mépriser la culture comme une chose morte ou, pire, comme un frein à la croissance [1].

---

distinction essentielle entre le *travail*, fatalement laborieux, et *l'œuvre*, dont la visée est la souveraineté.

1. Dans les 314 décisions pour changer la France présentées par la commission Attali en janvier 2007, aucune ne concerne le monde du livre,

J'exagère ? Écoutez Christine Lagarde évoquer les bibliothèques comme des cimetières dont il faudrait s'éloigner pour mener enfin une vie pleinement humaine. Ce n'est pas seulement édifiant, c'est monstrueux. « C'est une vieille habitude nationale : la France est un pays qui pense. Il n'y a guère une idéologie dont nous n'avons fait une théorie. Nous possédons dans nos bibliothèques de quoi discuter pour les siècles à venir. C'est pourquoi j'aimerais vous dire : assez pensé maintenant. Retroussons nos manches. » Il y a quelques années, les étudiants grecs sont descendus dans les rues d'Athènes et ont mis le feu à la ville parce que le gouvernement prévoyait de supprimer l'étude du grec ancien dans l'enseignement secondaire. Homère était aveugle, mais eux n'étaient pas sourds. En France, il faut croire que les mots n'ont plus de valeur. Un ministre oppose la pensée à l'action, les bibliothèques à la vraie vie sans que cela déclenche d'émeutes. C'était en juillet, il est vrai, et la jeunesse des écoles avait déserté Paris. « Assez pensé maintenant, retroussons nos manches »… On se croirait dans un film réaliste socialiste d'Eisenstein. Car pour

---

ni celui de la culture. Dans *Le Meilleur des mondes* d'Aldous Huxley, un personnage éclaire ce mépris moderniste du passé : « Ici, nous n'avons pas l'emploi des vieilles choses. […] Surtout si elles sont belles. La beauté attire, et nous ne voulons pas qu'on soit attiré par les vieilles choses. Nous voulons qu'on aime les neuves. »

être complet, il faut souligner que la détestation du lettré enfermé dans sa bibliothèque au milieu de livres poussiéreux témoignant pour des humanités défuntes n'est pas une exclusivité de la droite. Elle a connu son heure de gloire dans la Russie soviétique et la Chine maoïste. On la retrouve dans la révolte de 1968. On se souvient comme ce fut élégamment calligraphié sur les murs de la Sorbonne : « Ne dites plus : monsieur le professeur, dites : crève salope ! »

George Steiner a raconté que, à l'époque, il avait entendu des étudiants contester à leurs professeurs le droit de recourir à des citations d'auteur sous prétexte qu'elles exerçaient une forme de violence et d'arbitraire. La révolte libertaire contre l'autorité du maître marquait un refus de l'intelligence bourgeoise dont il se voulait le gardien. Contre un intellectualisme jugé abstrait et déréalisant, certains enfants des beaux quartiers ont poussé la coquetterie jusqu'à s'établir en usine pour tuer l'humaniste en eux et renaître en ouvriers durs à la peine. Ils avaient assez pensé, comme dirait l'autre : l'heure était venue de retrousser leurs manches !...

L'absence d'éducation politique des dirigeants français les fait décidément jongler avec des concepts qu'ils ne maîtrisent pas, comme d'autres avec des grenades. Ce n'est plus une question de droite ou de gauche : elles ont physiquement fusionné dans l'inculture contemporaine. Il est dès lors délicat de distinguer ce qui doit être pris au sérieux dans une époque où le vrai est devenu un moment du faux. Délicat de faire la part entre les visées tactiques à court terme – leurres lancés pour tromper l'adversaire, idiots utiles envoyés au massacre en première ligne –, et l'ambition stratégique à long terme – réformes lancées pour mettre la France en conformité avec l'ordre marchand, modernistes qui savent très bien où ils vont.

Une subtile stratégie de brouillage accompagne tout ce qu'on observe et qu'on entend en France. Mais il semble tout de même possible de dégager un certain nombre de constantes. La célébration grossière de la valeur travail, le dynamitage de la dimension symbolique des institutions et le recours systématique au « parler-vrai » s'inscrivent dans une quête permanente d'immédiateté caractéristique du néopuritanisme à forte dimension narcissique acclimaté sous nos cieux. Le discours de Christine Lagarde, comme tous ceux qui émanent des sommets de l'État, témoigne d'un refus agressif des lectures complexes. Tant pis pour ceux qui ont la nostalgie des délicates dentelles de pierre du gothique flamboyant. Ce n'est plus rentable. Dans ce contexte, l'absence de médiations politiques sociales et culturelles n'est plus simplement acceptée comme un état de fait dans une société morcelée : elle est valorisée. L'écoulement croissant de marchandises exige du mouvement, de la vitesse, de la fluidité. Les anciennes subtilités, dont on croyait qu'elles donnaient de l'ombre à nos corps et de l'étoffe à nos vies, sont dénoncées pour leur caractère hypocrite. L'héritage du monde d'avant est regardé comme un conglomérat d'immobilismes et de privilèges rendant impossible l'élan vital vers le neuf.

⁂

La révolution puritaine ne concerne pas seulement la sphère du politique qui aurait enfin été purgée de ses vieux truchements au profit d'une action directe du Prince moderne sur les choses. Elle vaut aussi, elle vaut surtout, pour le monde du travail réformé depuis trente ans à marche forcée. La révolution managériale des années 1980-1990, avec ses revendications d'autonomie, de spontanéité, de convivialité, sa critique de la division du travail et sa défiance à l'égard des anciennes hiérarchies, a donné un visage puritain aux démocraties-marchés – qui est surtout une absence de visage [1].

---

1. L'intuition nous en est venue naguère en lisant *Le Nouvel Esprit du capitalisme* de Serge Boltanski et Ève Chiapello (Gallimard, 1999). En s'employant à un dépouillement précis de la littérature de management parue dans les dernières décennies du XXe siècle, ces deux sociologues ont mis au jour des modifications de mœurs marquant l'émergence d'une morale du travail dont les préceptes évoquent étrangement ceux des sectes puritaines d'autrefois.

On reconnaît par exemple, dans la dénonciation de la coûteuse hiérarchie, l'un des thèmes chers aux réformés anglais ; dans la critique des cadres, un prolongement insolite de la contestation des clercs romains ; dans la revendication d'autocontrôle, une réactualisation de la prétention à l'examen personnel. Inutile d'insister sur la forte dose d'illuminisme religieux qu'implique l'exaltation des leaders et de leurs visions. Ni sur l'angoisse qui peut régner dans les entreprises où les salariés ont le tutoiement facile et s'interpellent naturellement par leurs prénoms, mais où personne n'est sûr du lendemain puisque le court terme et la haine de l'immobilisme ont été érigés en principes. En refusant de se représenter l'entreprise comme une pyramide, en privilégiant une organisation en réseaux, le néo-management a accompagné l'émergence d'un cyberpuritanisme dont l'ambition proclamée est de rendre la vieille architecture sociale transparente[1]. Les cravates s'apprêtaient à gambader vers un avenir radieux lorsqu'ils se sont rendu compte que les principales victimes de cette révolution n'étaient pas les ouvriers et les employés, mais les cadres, soumis à des dépendances horizontales de plus en plus contraignantes et victimes de la

1. À ce propos, il faut lire *Nous autres* (Gallimard, L'Imaginaire), la fable contre-utopique du dissident soviétique Eugène Zamiatine publiée à Paris en 1929, qui a pour cadre une ville aux murs transparents « comme de l'air » gouvernée par un mystérieux « Bienfaiteur ».

disqualification progressive des organisations verticales[1]. Il est suicidaire, de la part des dirigeants et des actionnaires des entreprises modernes, de sacrifier ainsi les officiers et les sous-officiers de l'infanterie du vieux capitalisme industriel pour s'adapter aux nouvelles conditions d'extraction de la plus-value dans une société tertiaire de services. Suicidaire de la part des politiques de laisser faire. La détérioration de la situation faite aux cadres dans le nouvel ordre économique, le ralentissement de la progression de leur rémunération et la baisse de leur pouvoir d'achat est la lame de fond qui entraîne présentement les classes moyennes françaises à la dérive[2]. Il y a dans ce phénomène quelque chose de menaçant.

Il y a évidemment une crise du travail dans ce pays. Mais pas tant une crise de la valeur travail, comme voudraient nous le faire croire les apôtres

1. Dans *La Fatigue des élites* (Seuil, La République des Idées, 2005), François Dupuy a montré qu'à l'ancienne façon de travailler dans des univers segmentés, avec des plans de carrière promis aux cadres intermédiaires méritants, l'entreprise moderne avait substitué une organisation simplifiée, avec d'un côté « des experts dont la gestion aura été robotisée » et de l'autre « des “cadres sup” survitaminés aux stock-options, aux bonus et aux plans de retraite en béton ».

2. Cf. Louis Chauvel, *Les Classes moyennes à la dérive*, Seuil, La République des Idées, 2006, p. 36. « L'apparition de nouveaux phénomènes de déclassement, l'impression de voir émerger un nombre croissant de candidats surdiplômés pour un nombre déclinant de postes, les difficultés d'accès au logement, les interrogations croissantes sur la pérennité d'un État-providence pourvoyeur d'emplois et de ressources précisément à l'attention de ces classes moyennes, sont autant de symptômes d'un malaise, sinon d'une “panique des classes moyennes”. »

du règne de la quantité, qu'une crise fondamentale du travail, une crise de sa qualité. C'est à la fois la conséquence de sa raréfaction dans des sociétés occidentales et le contrecoup de longues années de flexibilité qu'a subtilement analysés le sociologue américain Richard Sennett[1]. Le travail n'est plus ce qu'il était, il n'y a pas que les employés à bas salaires à le ressentir. La survalorisation du risque, la destruction de l'idée de carrière, la mise en cause de la sécurité de l'emploi, l'explosion de la sous-traitance et de l'intérim, l'obscurité des critères de promotion individuelle ont accru une suspicion à l'égard du monde du travail qui court du bas au haut de l'échelle sociale. Quarante ans après Mai 1968, ce ne sont plus des étudiants rebelles mais des cadres surmutualisés qui se demandent à quoi bon perdre sa vie en la gagnant.

C'est en devenant un objet de performance que le travail a commencé à perdre la dignité naturelle qu'il avait lorsque, associé à la patience, il permettait à chaque homme d'éprouver sa liberté en accroissant sa puissance d'agir sur le monde matériel. Le travail était noble en tant

1. Cf. Richard Sennett, *Le Travail sans qualité, les conséquences humaines de la flexibilité*, Albin Michel, 2000. Dans ce livre, l'auteur montre que dans une société où l'instabilité est la norme de l'enrichissement, même les conservateurs finissent par n'avoir pas d'autre norme morale à transmettre à leurs enfants que la célébration du changement permanent.

qu'il renvoyait chaque travailleur à lui-même et à sa propre responsabilité sur son destin. Dans la France d'après-guerre, cette noblesse héritée du vieux monde rural s'est longtemps perpétuée dans la société industrielle, notamment grâce au rôle conjoint qu'ont joué des syndicats puissants, un État-providence régulateur et des grandes entreprises protectrices. À tous les échelons de la hiérarchie, il y avait de la fierté à travailler chez Michelin, chez Renault ou chez Pechiney, de l'honneur à accomplir un travail bien fait. Et la réalité des luttes de classes n'était pas masquée, comme c'est le cas aujourd'hui, par des changements permanents d'organisation ou par le rôle énigmatique du client ou de l'actionnaire sur la pérennité des affaires de l'entreprise. Les conflits sociaux pouvaient ainsi avoir un rôle positif dans le destin des générations – celle des *baby-boomers* fut particulièrement gâtée de ce côté [1]. On peut bien raconter qu'une économie capitaliste n'obéit pas à d'autres lois qu'à celles de son propre développement, invoquer le choc pétrolier ou les sin-

1. Cf. Louis Chauvel, *Le Destin des générations, structure sociale et cohortes en France au XXe siècle*, PUF, 1998. Ce portrait de groupe des *baby-boomers* en profiteurs égoïstes des fruits des Trente Glorieuses a été souvent contesté, mais sa justesse est vérifiée par son influence. Au cours de la campagne présidentielle de 2007, Henri Guaino a ainsi glissé dans un discours de son candidat quelques considérations attristées sur le sort malheureux d'« une jeunesse condamnée à vivre moins bien que ses parents, dont les diplômes ne valent rien sur le marché du travail, qui est obligée de vivre chez ses parents parce qu'il n'y a pas d'emploi pour elle ».

gularités de la nouvelle économie, on ne nous empêchera pas de croire que l'idéologie a joué un rôle déterminant dans la rupture des équilibres qui fondaient le contrat social en France. Tout au long des années 1970 et 1980, la constitution d'un bloc historique entre libéraux et libertaires a préparé le basculement de notre pays dans une ère nouvelle. Entre un patronat bougiste obsédé par la flexibilité des coûts salariaux et de la main-d'œuvre et des gauchistes antiautoritaires qui ont vu dans le Marché l'utopie libertaire enfin réalisée, la connivence s'est affermie doucement, sur le terrain d'entente parfaitement trouvé du luxe, de la mode et de la publicité. À la fin de cette période de mutation, lorsque le magazine branché *Globe* s'est senti autorisé à célébrer « une génération qui inaugure la rencontre entre la gauche et le capitalisme, entre la technologie et le rêve, entre le business et la création [1] », on a pu savoir, avec certitude, que la période qui s'ouvrait allait être étonnante, mais difficile.

---

1. Cf. Jean-Christophe Buisson, *Maos, trotskos, dodo* (Éditions du Rocher, 2001, p. 35), où l'on découvre comment les émeutiers de Mai 68, devenus des chiens de garde du travail aliéné, disqualifient désormais toute contestation du Marché comme étant « populiste ».

– Ce n'est pas la première fois qu'une élite française obsédée par sa propre fortune ne songe qu'à s'enrichir tandis que montent les eaux du déluge. Pas la première fois qu'elle parle au peuple comme à un ramassis de demeurés. Souviens-toi des bourgeois vainqueurs de 1830 et des bacchanales du Second Empire…

– Il est vrai qu'avec Louis-Philippe la France en a vu de belles. Il était pingre, lui aussi, et il avait une singulière manière d'aimer ses enfants. Le duc de Joinville, le plus brillant d'entre eux, était attaché à son père, mais également effrayé par son comportement. Il ne comprenait pas ses accès de mauvaise humeur autocratique et s'inquiétait de sa volonté d'exercer une action inflexible sur toutes les questions. J'ai recopié pour toi ce passage d'une lettre de Joinville à l'un de ses frères : « Il n'y a plus de ministres, leur responsabilité est nulle, tout remonte au roi. »

– Intéressant ce rapprochement.

– Tu devrais t'en souvenir pour ton livre…

Ce matin-là, j'avais retrouvé Saint-Roy chez lui. Encore une fois nous étions occupés à penser au lieu d'agir. Rédigées les deux premières parties de mon nouveau *Contr'Un*, je les avais apportées à mon ami qui les avait lues d'une traite, quelquefois pour lui-même, quelquefois à voix haute, alternant les grimaces et les grognements, le rire, les hésitations, les murmures de désapprobation et les cris de joie. Il avait certes senti quelques fléchettes lui piquer l'épiderme en découvrant mes insolences, mais il avait bien compris qu'elles n'étaient pas cruelles pour lui.

– C'est bien trouvé, l'allusion à Jean Bichelonne et aux polytechniciens fous de rationalité et de statistiques qui voulaient aider la France à rattraper son retard économique en la débarrassant de son conservatisme social. Fais quand même attention avec les références à la Seconde Guerre mondiale. C'est bon pour les gauchistes analphabètes dont le chef-d'œuvre intellectuel consiste à gribouiller les moustaches d'Hitler aux hommes politiques sur les affiches électorales.

– Tu préfères les rouflaquettes louis-philippardes ?

– Elles sont redevenues à la mode !… Si Dali est célèbre pour avoir affublé la Joconde de moustaches en croc, on se souviendra peut-être un jour de toi comme de celui qui a dessiné des rouflaquettes à Christine Lagarde.

– Laurence « Précarité » Parisot en mériterait elle aussi.

– C'est vrai que Mme Médèfe est très 1830.

– C'est une romantique dans son genre. La George Sand de l'économie autonomisée !… Elle est sensible à la beauté des ruines et au chaos régénérateur… Lorsqu'elle déclare : « La vie, la santé, l'amour sont précaires, pourquoi le travail échapperait-il à cette loi ? », elle rumine le mal du siècle…

– C'est toujours le triomphe de la nature sur la culture. Ce genre d'arguments a le pouvoir de laisser sans armes et sans voix tous les adorateurs progressistes des idées de Jean-Jacques et tous les dévots de la modernité. Comment refuseraient-ils la rencontre du projet esthétique de Mallarmé et de la théorie des rythmes économiques de Schumpeter ? La destruction créatrice est leur Béatrice…

– Si ça pouvait toujours être aussi drôle… Quand j'entends Laurence Parisot demander l'assouplissement du code du travail, exiger que les chômeurs acceptent des emplois précaires et réclamer la liberté de licencier pour ajuster l'offre aux fluctuations de la demande, je pense plutôt aux débats à la Chambre des députés entre Thiers et Guizot sur le travail des enfants. À l'époque, les partisans de la libre entreprise expliquaient que la volonté de réglementer le travail des enfants dans l'industrie textile était une ingérence inadmissible de l'État dans la sphère économique. Ils ne justifiaient pas le travail des enfants, mais demandaient qu'on s'en remette à la générosité et à l'humanité de l'entrepreneur et non pas à la décision du législateur. Et ils dénonçaient avec rage tous les obstacles qui empêchaient l'économie française de faire son retard sur celle de l'Angleterre.

– Ah, le fameux retard de croissance français...

– ... Le *gimmick* des milieux d'affaires depuis le règne de Louis XVI.

– Rien n'a changé. Le patronat français n'a pas quitté l'impasse Adam Smith [1]. Ses membres restent persuadés qu'un bien-être collectif s'obtient plus sûrement par la confrontation libre des intérêts égoïstes que par l'intervention de l'État.

– À ceci près que l'utopie libérale avait l'innocence pour elle au XIXe siècle. Il y avait quelque chose de rafraîchissant dans les illusions du progrès qui agitaient les esprits à l'époque. Le problème, c'est que nous sommes déniaisés. La

1. J'emprunte cette image à Jean-Claude Michéa, funambule de la critique antitotalitaire que je lis avec passion depuis *Orwell anarchist tory* (Climats, 1995). Ce livre lui doit beaucoup.

bourgeoisie française a été ruinée une première fois à la fin du XIXe siècle, une deuxième fois par la Première Guerre mondiale, une troisième par la crise de 1929 et aujourd'hui la surclasse s'enrichit pendant que la bourgeoisie laborieuse plonge.

– Et tu ne parles pas des pauvres.

– Pauvres, pauvres… Il n'y a malheureusement pas besoin d'en parler. Il suffit de compter le nombre de malheureux qui dorment dans des cartons à Paris… Nous sommes retournés un siècle et demi en arrière.

– Pour remédier à cela, les apprentis sorciers qui nous gouvernent demandent plus de libertés et moins de règles. Ils jurent que le marché de l'emploi est détraqué par les interventions désordonnées de l'État. Comme sous Louis-Philippe.

– Dans le fond, le remède de cheval libéral que les apprentis sorciers dérégulateurs veulent administrer à la France est un plat réchauffé.

– Dans leur obstination à voir la France s'adapter à la mondialisation, il y a même quelque chose de borgne et bête qui les rend méchants [1].

1. « Chez certains essayistes libéraux, on va très au-delà des réformes indispensables, le réquisitoire tourne à la rage, à un rejet complet de tout ce qui est français : tout serait périmé, de la langue au droit des affaires en passant par le rôle de l'État, le management des entreprises, la vie politique, la politique culturelle, la moindre de nos traditions, la République elle-même, etc. » observe Hubert Védrine dans *Continuer l'histoire* (Fayard, 2007), petit livre d'une rare intelligence critique.

– On le voit à leur obsession idéologique à libéraliser des secteurs qui n'ont aucune raison de l'être, les banques de dépôt à la fin des années 1980, les autoroutes plus tard. La croyance scientifique dans les vertus de la privatisation intégrale du monde et de la vie est de l'ordre de la révélation religieuse. Ce n'est pas un hasard si Dieu est souvent convoqué par les fanatiques du Marché.

– La semaine dernière, j'écoutais une huile du patronat commenter la hausse des prix des produits de consommation courante en France. Tu sais ce qu'il expliquait ? Qu'à trop vouloir intervenir dans l'équilibre des relations commerciales entre la grande distribution et ses fournisseurs, l'État avait obtenu le contraire de l'effet escompté. En gros, on l'avait bien cherché. Au lieu d'essayer d'intervenir une fois encore, il fallait accepter cette dernière convulsion comme un bien, et laisser enfin éclore une concurrence totale libre.

– Davantage de liberté pour corriger les ravages de la liberté.

– Extraordinaire !...

– Ça me rappelle les explications des communistes sur le socialisme réel... Au lycée, j'ai passé des heures à m'entendre expliquer par des camarades encartés à Lutte Ouvrière que le programme révolutionnaire de Lénine avait été dénaturé par Staline. À les entendre, il était impossible de critiquer le communisme puisqu'il n'avait jamais été mis en œuvre nulle part.

– Même dialectique chez les libéraux français. Selon eux, il est vain de critiquer le libéralisme puisque des entraves ont toujours empêché sa mise en œuvre réelle.

– Pour en avoir goûté les prémices, je ne suis pas pressé de découvrir la suite.

– Tu as tort, l'histoire va continuer. Nous ne sommes pas la première génération à ressentir ce sentiment d'écrasement. À ce propos, il faut relire *Z. Marcas* de Balzac. C'est un livre très court dans lequel tout est dit.

– Après Marx, Balzac ?

– Je ne suis pas le premier à établir le lien… Va donc nous refaire du café pendant que je recherche *Z. Marcas* dans *La Comédie humaine*…

Mesurant bien l'inutilité qu'il y aurait eu à contester une instruction aussi impérative, j'ai ramassé les deux mugs vides sur le bureau et je suis allé m'affairer dans la cuisine pendant que Saint-Roy fouillait dans sa bibliothèque en sifflotant un air du Stevie Wonder des *seventies.* Lorsque je suis revenu avec une cafetière fumante à la main, il tenait un volume ouvert et affichait un large sourire.

– Zéphirin Marcas est l'un de ces individus d'exception qu'on croise dans *La Comédie humaine.* Il n'arrive pas à trouver sa place dans la société bourgeoise de la monarchie de Juillet tant ce monde petit correspond mal à son idéal… L'histoire se passe à Paris, dans le courant de l'année 1836. Porteur d'un grand rêve, Marcas a mis son talent au service d'un député riche et ambitieux devenu ministre qui l'a berné… « Il avait cru voir la trahison au cœur du pouvoir, non pas une trahison palpable, saisissable, résultant de faits ; mais une trahison produite par un système, par une sujétion des intérêts nationaux à un égoïsme »… Dégoûté par un bref passage dans la presse, Marcas survit, à moitié désespéré par ce qu'il observe dans la France de son temps. Cet homme qui aurait pu prétendre faire son entrée à la Chambre est découragé par le spectacle des députés de son temps, « des gens sans aucun talent politique, incapables de parler sans estropier la grammaire, et parmi lesquels, en dix ans, il s'est à peine rencontré un homme d'État ».

– Ce qu'il y a de consolant, avec la lecture des romans de Balzac, c'est qu'elle permet de découvrir que tout s'est toujours mal passé…

– Et surtout que la roue tourne. Balzac, qui connaissait Vico, croyait aux *corsi* et *ricorsi*, aux tours et détours de l'histoire[1]. « Il est de lois de

1. Cf. Giambattista Vico, *La Science nouvelle,* traduit de l'italien par Alain Pons, Fayard, 2001. Pour le philosophe napolitain Giambattista

fluctuation qui régissent les générations », écrit-il dans *Z. Marcas.* Un peu plus haut, il annonce la révolution de 1848. « Je ne crois pas que dans dix ans la forme actuelle subsiste. La jeunesse éclatera comme la chaudière d'une machine à vapeur »...

– Un siècle et demi plus tard, tu crois que les mêmes causes vont finir par produire les mêmes conséquences ?

– Cela s'appelle l'histoire.

Vico (1668-1744), les événements historiques ne s'enchaînent pas de manière linéaire, mais cyclique, selon le principe du « *ricorso delle cose umane* », de la récurrence des choses humaines. Le système de Vico est d'une grande utilité pour résister à l'historicisme.

III

Mai 68 contre Mai 68

Personne n'a oublié le mot de Pierre Desproges : « On peut rire de tout, mais pas avec n'importe qui. » C'est la même chose avec la critique de Mai 68. Elle peut être faite n'importe quand, mais pas avec tout le monde. Dimanche 29 avril 2007 au palais omnisports de Paris-Bercy, l'évadé fiscal Johnny Hallyday, le pétomane Jean-Marie Bigard et le mauvais drôle Christian Clavier composaient un auditoire mal choisi pour sonner la charge contre Mai 68 en expliquant que l'heure était venue de décider si son héritage devait être perpétué ou liquidé, « une bonne fois pour toutes ». Surtout pour entendre un discours radical… « Voyez comment l'héritage de Mai 68 a introduit le cynisme dans la société et dans la politique »… « Voyez-la, écoutez-la cette gauche héritière de Mai 68 qui est dans la politique, dans les médias, dans l'administration, dans l'économie, cette gauche qui a pris goût au pouvoir, aux privilèges, cette gauche qui n'aime pas la nation parce qu'elle ne veut plus rien partager »... On mesure bien quelle démagogie régressive a encouragé un candidat aux plus hautes fonctions à dénoncer en vrac le relativisme moral, l'écrasement des hiérarchies, la crise de l'autorité face à un public de mémères peroxydées et de jeunes cornichons sans sève avec des accents gaullo-guévaristes. On comprend quel instinct de revanche voulaient exciter chez les militants qui avaient « bourré » Bercy ces déclarations contre « les héritiers de Mai 68 qui cultivent la repentance, qui font l'apologie du communautarisme, qui dénigrent l'identité nationale, qui attisent la haine de la famille, de la société, de l'État, de la nation, de la République ». Le comble fut de doubler ce discours de démolition inattendu d'une attaque à front renversé contre le culte de l'argent roi, le profit à court terme, la spéculation et les dérives du capitalisme financier « portés » par les *zidées de Soixante-Huit.*

D'un point de vue strictement militaire, il n'y a rien à redire à cette manœuvre d'enveloppement par les ailes : un assaut à droite contre l'héritage de 68 et une charge à gauche contre « les parachutes en or, les retraites chapeaux et les patrons voyous ». Cette manœuvre est un standard de l'art de la guerre depuis Alexandre à Issos et Hannibal à Cannes. Placé à l'aile droite du dispositif, Henri Guaino a encore une fois pris de vitesse l'adversaire sur son flanc gauche. La cavalerie légère gaulliste avait attaqué l'adversaire aux cris de « fracture sociale » en 1995 et elle a chargé derrière un drapeau rouge marqué des mots « pouvoir d'achat » en 2007, laissant les escadrons de dragons ramener au cœur du champ de bataille les soldats perdus à l'extrême droite. Et encore une fois, c'est elle qui a décidé de la victoire tandis que les compagnies du Prince enfonçaient le centre adverse. Sacré Guaino ! Il nous a mis Jaurès et Blum à toutes les sauces. Et Guy Môquet pour ceux qui en redemandaient !... Quel orfèvre. Nulle complaisance de ma part... Simplement de l'admiration pour le beau geste de l'artiste... Cela fait trois fois de suite que la droite gagne l'élection présidentielle en France en doublant l'adversaire sur sa gauche... Anarcho-gaulliste en 1995, antifasciste en 2002, social-révolutionnaire en 2007. On remet ça quand ? J'en ris, mais il n'y a pas de quoi. Les Français ont une fois de plus été abusés par un discours à forte connotation sociale – plein emploi, augmentation du pouvoir d'achat, revalorisation du travail, moralisation du capitalisme – et cette façon de les tromper à échéance régulière commence à ressembler à une technique systématique d'avilissement. Comme si on voulait obliger ce vieux peuple à en finir avec ses lubies : l'État, la solidarité, la justice – et pire encore : la grandeur. Comme si, à force de raconter n'importe quoi, les dirigeants politiques attendaient le jour où les Français ne croiront plus en rien, et surtout plus en la France, à sa vocation singulière face aux injustices du monde. Ça va être difficile : nous autres, Français, avons la tête dure et le cœur bon.

À distance, c'est extraordinaire de penser que cette mise en cause révolutionnaire-réactionnaire de l'héritage de Mai 68 a précédé de sept jours la désormais célèbre nuit du Fouquet's et de dix jours l'escapade méditerranéenne sur le yacht de M. Bolloré. Extraordinaire de réentendre le discours avec lequel les Français ont été appâtés entre les deux tours… « Voyez tous ces politiciens qui se réclament de l'héritage de Mai 68, qui donnent aux autres des leçons qu'ils ne s'appliquent jamais à eux-mêmes, qui veulent imposer aux autres des comportements, des règles, des sacrifices qu'ils ne s'imposent jamais à eux-mêmes. Voyez-les, écoutez-les proclamer : "Faites ce que je dis, ne faites pas ce que je fais !" »…

En commençant ce livre, je m'étais juré d'être intransigeant sur les principes et indulgent avec les personnes. Les charges *ad hominem* ont ceci de déplaisant qu'elles empêchent de voir la perversité d'un système. Mais je sens que ça va être de plus en plus délicat… Comme me le rappelait un ami toulousain, empruntant cette délicatesse à Joseph de Maistre, on n'a pas attaqué les idées tant qu'on n'a pas attaqué les personnes. Et il y aurait beaucoup à dire sur la critique par les œuvres du slogan « Vivre sans contrainte et jouir sans entrave », à laquelle nous assistons comme des spectateurs écœurés par notre propre déchéance.

Un disciple rebelle de Hegel a jadis eu raison de dire que « les événements historiques surviennent toujours deux fois, la première fois comme tragédie et la seconde fois comme farce ». Si c'est l'Esprit du monde que le philosophe allemand a vu passer à cheval en la personne de Napoléon Bonaparte au soir de la bataille d'Iéna en octobre 1806, c'est l'Esprit de Mai 68 que nous avons vu entrer en costume Prada dans la cour de l'Élysée en mai 2007. Comment ne pas voir quelque chose d'hégélien dans cette victoire superbe et grotesque du Négatif ? À travers ce triomphe électoral, et cette entrée heureuse d'une famille recomposée sous les ors républicains, le vrai est à nouveau apparu comme un moment du faux. Car il avait fallu pour l'emporter, démolir par des mots ce qu'on se proposait de réhabiliter très vite : la ringardisation des vieux usages, le mépris des hiérarchies, la détestation de la laïcité, la tyrannie des intérêts particuliers, la marchandisation du monde, la destruction de l'école républicaine. Pour l'électeur séduit par les discours de campagne expliquant que l'héritage de Mai 68 avait introduit le cynisme dans la société et dans la politique, ce dépassement dialectique de la contradiction reste probablement difficile à comprendre. Les plus âgés attendaient un retour de la famille et ils ont assisté à un divorce et à un remariage hâtif ; les plus jeunes espéraient un allègement des charges qui plombent leur bulletin de salaire et ce sont les droits de succession qui ont été diminués ; les plus pauvres attendaient le renouveau d'une idée égalitaire de la nation et c'est l'Europe libérale à laquelle ils avaient dit non qui a été relancée. Ce n'est pas en dénonçant un retour à l'ordre moral ou une réhabilitation contre-révolutionnaire du vieux slogan Travail, Famille, Patrie qu'on peut comprendre ce qui se passe en France en ce moment.

Les hommes et les femmes qui nous gouvernent sont certes réactionnaires à bien des égards, mais ce sont surtout des révolutionnaires. C'est la source de leur force d'illusion face à une gauche plombée par la détérioration de son esprit critique et son enfermement dans des schémas obsolètes. À distance, on comprend bien que les discours enflammés contre l'héritage de Mai 68 avaient pour objet de former un rideau de fumée[1]. Il n'a jamais été question pour ceux qui se sont rendus maîtres de la France au printemps 2007 d'enclencher un mouvement de retour en arrière. Au contraire. C'est un grand bond en avant qu'ils veulent faire accomplir à notre pays. Pour cela, il est indispensable que se poursuive la *grande révolution culturelle libérale-libertaire*[2] qu'accompagne depuis quatre décennies l'Esprit de Mai.

⁂

De la modification des mœurs observée en France dans les années qui ont suivi les événements de mai 68 et des catastrophes sociales afférentes, il m'est souvent arrivé de discuter avec certains animateurs de cette dernière révolution française. Ils avaient pour eux de ne pas être devenus publicitaires et d'être restés attachés à

1. Dans *La France morcelée* (*op. cit.*), Jean-Pierre Le Goff pose bien les termes du débat : « S'il existe bien un risque potentiel dans la nouvelle situation, celui-ci n'est pas à rechercher dans la remise en question directe des libertés démocratiques ou d'une sorte de nouveau "Coup d'État permanent", mais dans l'érosion de la dimension symbolique des institutions, mouvement dans lequel la droite s'inscrit désormais pleinement. En ce sens, elle n'est pas, elle aussi, étrangère à l'héritage impossible de Mai 68, dont elle a proclamé un peu vite la disparition. »

2. Cf. Jean-Claude Michéa, *L'Enseignement de l'ignorance et ses conditions modernes*, Climats, 1999, p. 39. Cette expression a été imaginée par Serge July, évidemment sans ironie.

quelques rêves de leurs vingt ans. Lucides sur le détournement de leur révolte par le libéralisme et le modernisme culturel, ils voulaient être les témoins de la part de Mai 68 irrécupérable par le système marchand : l'insurrection de la vie, l'expérience inédite de la fraternité, la critique de la domination, la parenthèse enchantée des usines en grève... Je songe à Frédéric H. Fajardie, ranimant la flamme du romantisme qui brûle dans son roman *Jeunes femmes rouges toujours plus belles*, en racontant les combats de rue du service d'ordre de l'UJC (ml) ; à Christian Jambet, avec qui j'évoquais les néoplatoniciens, les messieurs de Port-Royal et la meilleure recette du cocktail Molotov tandis que nous regardions la séance de tirs au but entre le Brésil et les Pays-Bas lors de la Coupe du Monde 1998 ; à Olivier Rolin, m'écoutant avec stupeur défendre le bloc historique gaullo-communiste de l'après-guerre contre des gauchistes que je soupçonnais d'avoir fait le jeu des Américains pour en finir à la fois avec le Général et avec la classe ouvrière.

On est écrivain pour vivre ses rêves ou les revivre sans le savoir, jurait Bernanos. Les anciens émeutiers qui ont fait des événements de mai 68 un mobile romanesque ou la matière d'une réflexion critique sont ceux qu'on accusera le moins facilement d'être passés à l'ennemi. Et il leur arrive de juger quelquefois leur engagement passé avec beaucoup de sévérité. « Le paradoxe inaugural de nos vies, celui qui les aura marquées d'un sceau indélébile, et peut-être d'une malédiction dont nous ne nous déferons plus, c'est d'avoir mis tant de vertu au service d'idées si férocement vétustes », fait ainsi dire Olivier Rolin au narrateur de *Port-Soudan.* Cette mise à distance d'un héritage auquel ils demeurent attachés sentimentalement est plus légitime de la part d'hommes qui rêvaient à vingt ans de repeindre le monde à la couleur de leurs rêves, que chez des politiciens qui, au même âge, s'activaient en blazer et mocassins dans des manifestations anti-grèves. En toute chose, il faut accorder l'avantage à la critique interne : elle est dénuée d'équivoque sur son objet. La critique de la morale catholique appartient au Pascal des *Provinciales* ; celle de la monarchie au Chateaubriand des *Mémoires d'outre-tombe* ; celle du régime bolchevique au Victor Serge des *Mémoires d'un révolutionnaire* ; celle de la politique de l'État d'Israël au George Steiner de *Notre patrie, le texte*[1].

Ce n'est pas à droite mais à gauche que s'est articulée la critique la plus probante des événe-

1. In George Steiner, *De la Bible à Kafka*, Bayard, 2002. Cela nous éloigne un peu de notre sujet, mais il faut lire ce texte comme un exercice d'esprit critique. Ce qui nous renvoie malgré tout à notre propos.

ments de 68. N'en déplaise à quelques rentiers de la révolution qui ont cru que le discours de Bercy amorçait un retour au « bon » vieil ordre moral et qu'ils allaient pouvoir repartir sur le sentier de la guerre en chantant « Ho-Ho-Ho-Chi-Minh, Che-Che-Guevara, le fascisme ne passera pas ! » dans les rues du Quartier latin, ce discours, c'était pour rire. Le tribun qui les a affolés en dénonçant le relativisme intellectuel était un des leurs [1].

La conséquence de ce formidable numéro de bonimenteur est d'avoir renforcé le brouillage idéologique qui accompagne l'extraction de la plus-value dans une société émiettée. La situation de « l'héritage impossible » de Mai 68, qui n'a jamais été simple dans la société française, l'est moins encore depuis que la droite révolutionnaire en a fait passer une partie en contrebande dans ses bagages, tout en jurant à son électorat béat qu'elle allait le tailler en pièces.

Tant pis pour ceux qui aiment encore les vieilles oppositions bien tranchées, avec d'un côté, une droite conservatrice et autoritaire et de l'autre, une gauche progressiste et émancipée. Dans la postmodernité, les choses sont plus

1. Resté cette « vedette qui s'exhibe pour le tout-venant des reporters de l'information spectaculaire » jadis moquée par les enragés, Daniel Cohn-Bendit s'est d'ailleurs fait un plaisir de saluer son orthodoxie. « S'il y a un soixante-huitard à l'Élysée, c'est bien lui ! Jouir sans entrave ? C'est ce qu'il fait. Il n'arrête pas. Cela commence à énerver les Français d'ailleurs. »

confuses. C'est la droite qui se veut moderniste et affranchie des vieux préjugés. Il suffit d'écouter ce que nous raconte la Grande Machine dans le poste pour le comprendre : la spontanéité, l'imagination et le mouvement sont devenus les nouveaux visages de la domination capitaliste.

Au même moment, chez certains penseurs issus de la gauche, on observe un certain renouveau de l'idée conservatrice. Au nom de la nécessité qu'a l'homme de conserver pour survivre, ceux-ci dénoncent l'illusion de la table rase. Les vieux émeutiers rangés des barricades ont beau crier au loup, dénoncer une offensive réactionnaire, de nouveaux bûchers ou des procès en sorcellerie, ce n'est pas de la droite que vient la dénonciation la plus violente de la perte de confiance en l'avenir engendrée par la mise en œuvre de leurs idées libératrices. C'est de leur propre camp qu'est venue la querelle, c'est chez eux qu'elle se développe.

On se souvient qu'à l'origine des accusations de pédophilie qui visèrent Daniel Cohn-Bendit en 2001, il n'y a ni ligue de vertu, ni fédération de mères de famille, mais Bettina Röhl, la fille de la terroriste allemande Ulrike Meinhoff retrouvée pendue dans sa cellule de prison en 1976. En guerre contre la génération 68 à laquelle elle reproche son usage de la violence, c'est elle qui a déclenché l'offensive en exhumant des textes parus à une époque où, pour vivre sans temps morts, les maîtres de la contestation antiautoritaire niaient jusqu'à la simple décence requise par la vie des hommes en société. Les questions posées ne traduisaient ainsi nul affrontement entre des partisans réactionnaires du vieux monde et des avocats déniaisés du monde nouveau. C'est à une querelle domestique que nous avons assisté. À propos d'hygiène, de sexe, d'enfants, d'alcool, de religion ou d'argent, les adeptes de la tyrannie du plaisir et les partisans du politiquement correct ont sorti les couteaux autour de la table familiale. Le serpent soixante-huitard a fini par se mordre la queue. Rien d'étonnant. La crise de l'héritage de Mai 68 procède d'une contradiction entre des principes et des conséquences devenue intenable.

Partout, c'est Mai 68 qui s'est insurgé contre Mai 68 et des enfants perdus de la gauche qui ont dénoncé le caractère équivoque de ce mouvement dont l'inimitable Jürgen Habermas constatait qu'il avait été « un bon catalyseur des idées libérales » dès le mois de juillet 1968. Ce sont des enfants émancipés de Mai qui ont voulu en liquider les illusions mortelles, effrayés par l'avènement d'une société à irresponsabilité illimitée. À mesure que l'arbre de Mai produisait ses fruits empoisonnés parfaitement compatibles avec la modernisation du capitalisme et la demande marchande – individualisme, hédonisme, consumérisme, infantilisme –, les charges se sont enchaînées, lancées la rage au cœur. L'accusation a été constante, publique, assurée : en préparant la rencontre de l'utopie d'un sujet jouissant d'une autonomie sans référent et de celle d'un Marché autorégulateur, Mai 68 a permis à la Grande Machine de surmonter sa crise de croissance. En s'acharnant à faire table rase du passé, les acteurs de Mai, lecteurs rusés d'Antonio Gramsci passés du gauchisme politique au gauchisme culturel, ont fait sauter les crans d'arrêt – liens de filiation, dettes à l'égard du passé, mémoires populaires, pudeurs et même tabous – qui faisaient obstacle à l'accomplissement du projet élaboré par les théoriciens de l'économie politique au XVIIIe siècle.

Pour que triomphe « la France du software et du supermarché, du news et du planning », il fallait en finir avec « la France de la pierre et du seigle, de l'apéro et de l'instit, du oui-papa, oui-patron, oui-chéri [1] ». Cette lecture démythifiante du destin de la génération 68 vaut pour l'ensemble des sociétés occidentales. La preuve en a été faite par Christopher Lasch dans *La Culture du narcissisme*, publié aux États-Unis en 1979 et traduit en France dès

1. Cf. Régis Debray, *Modeste contribution aux cérémonies officielles du dixième anniversaire*, Maspero, 1978 & Mille et Une Nuits, 2008, p. 23. Ce livre sonne encore plus juste qu'au moment de sa parution, où certaines réalités idéologiques n'avaient pas eu le temps de décanter. À trente ans de distance, « la liaison s'est pour ainsi dire régularisée » entre libéraux et libertaires.

1981 [1]. Dans ce livre, Lasch dissipe les prétentions émancipatrices dont s'est parée la contestation des valeurs bourgeoises en examinant les ambiguïtés du progrès, concept magique qui a préparé la marchandisation intégrale du monde et de la vie et fait perdre aux hommes le sens de la durée historique.

Christopher Lasch est un cadavre dans le placard pour la génération 68. Issu de la gauche américaine, marqué par les travaux de l'école de Francfort, ce témoin extralucide de la modernisation libertaire du capitalisme libéral est lu, traduit, commenté de manière presque clandestine, sans qu'aucun jouisseur sans entraves ne daigne prendre la peine de réfuter ses démonstrations. Rangés les drapeaux rouges, les médiatiques de la génération 68 réservent ce traitement à toute pensée hétérodoxe. Insuffisamment fiers du monde né de leurs rêves, modérément satisfaits d'être contestés par quelques contemporains, furieux de l'être par leurs cadets, assez adroits pour se faire une place avantageuse dans les médias et la politique, assez souples pour y briller, ils continuent de préférer la fuite en avant à la remise en cause de leurs engagements. Leur vieux fond bolchevik s'obstine, même quand il est mis au service du Capital. C'est flagrant chez

1. Christopher Lasch, *La Culture du narcissisme, la vie américaine à un âge de déclin des espérances*, traduit de l'anglais par Michel L. Landa, préface de Jean-Claude Michéa, Champs-Flammarion, 2006.

Bernard Kouchner et André Glucksmann qui ont conservé l'un et l'autre un goût pour la guerre inexplicable sans Lénine. Mais ne le crions pas trop fort. Enragés hier, bourgeois-bohèmes aujourd'hui, les héros de Mai détestent qu'on leur rappelle que, après avoir annoncé la disparition de toute valeur, ils n'ont plus reconnu que celle de l'argent, mirage étourdissant. Venez et voyez le monde dont ils ont su se rendre maîtres : partout l'argent parle, commande et règne. « Il n'y a pas de honte à gagner de l'argent », répète sans cesse la Grande Machine, pressée de faire sauter les derniers interdits moraux qui empêchent l'accumulation illimitée de signes monétaires.

⁂

« Je veux tourner la page de Mai 68. Mais il ne faut pas faire semblant » : quand on repense au ton martial sur lequel ces mots furent prononcés à Bercy, à ceux qui ont applaudi et à ceux qui ont crié au scandale, on se dit qu'il n'y a pas de pires dupes que ceux qui ont envie de l'être. Qui pouvait imaginer un seul instant que la droite libérale et la gauche libertaire allaient se tourner le dos, faire dix pas dans des directions opposées comme lors d'un duel au pistolet, et tirer pour voir qui des deux mordrait le premier la poussière ? Qui pouvait penser que les élites allaient cesser de s'entendre sur l'obligation de promouvoir une société fluide, ouverte, conviviale et la nécessité de réduire au minimum le rôle de la puissance publique ? Personne, dans ce pays, ne veut risquer d'être soupçonné d'obsolescence.

Il suffit de s'arrêter sur le sort fait à l'école dans les temps marchands où nous sommes pour comprendre que l'alternance politique n'arrêtera ni le progrès, ni les savants fous de l'expérimentation pédagogique. Pour être classés à gauche, ils n'ont pas beaucoup eu à souffrir de la droite ces vingt dernières années [1]. Depuis quatre décennies, l'école est saccagée à la fois par la rapacité libérale et par la bêtise libertaire [2]. L'école du Petit Chose et du Grand Meaulnes a été requalifiée en couveuse pour les enfants d'*Homo œconomicus* et d'*Homo festivus.*

C'est étrange que le Grand Liquidateur de Mai 68 installé à l'Élysée ait de l'affection pour le sinistre Claude Allègre : ce dernier fut l'inspirateur

---

1. Soyons justes, et saluons le courage de M. Xavier Darcos, nommé ministre de l'Éducation nationale au printemps 2007. On doit malheureusement craindre que sa défense héroïque de l'instruction publique républicaine contre l'emprise du pédagogisme soit condamnée à être manœuvre de retardement. Son excellent travail sur les programmes du primaire présenté en février 2008 a ainsi été la cible d'un tir croisé Luc Ferry/Jack Lang. Contre une école de la République ringardisée, l'alliance entre libéraux et libertaires est définitivement scellée.

2. Cf. Henri Guaino, *La Sottise des modernes*, Plon, 2002, p. 269. « Le fil s'est rompu sous la pression de l'utilitarisme marchand qui impose au système éducatif son critère de l'employabilité et d'une idéologie qui prétend libérer l'enfant de toute contrainte. » C'est lui qui le dit.

de la grande réforme commencée en 1988 pour transformer l'école sur des bases ludiques et anti-autoritaires. Le triomphe de la pensée 68, c'est l'éclosion de cette École Nouvelle dont l'objectif n'est plus de transmettre des savoirs mais d'apprendre à apprendre, la méthode comptant davantage que le contenu. Le triomphe de la pensée 68, c'est la mise en place, à partir de 1990, des Instituts universitaires de formation des maîtres (IUFM), lieux d'apprentissage rénovés où la spécificité des disciplines cède le pas devant la pédagogie. Le Tribun de Bercy qui s'est attiré une ovation des vieux crabes réacs en dénonçant ceux qui cherchaient à « faire croire que l'élève valait le maître, qu'il ne fallait pas mettre de note pour ne pas traumatiser les mauvais élèves, qu'il ne fallait pas de classement », aurait pu préciser que ces idées étaient quotidiennement enseignées dans les IUFM et que pour restaurer la fameuse école de Jules Ferry – qu'il évoque avec des trémolos dans la voix –, il faudrait commencer par liquider ces écoles des cadres au fonctionnement totalitaire. Quand des professeurs d'éducation physique ne parlent plus de « ballon » avec leurs élèves, mais de « référentiel bondissant », ce dernier mot ne nous paraît pas trop fort.

La tâche de l'écrivain est de défendre ce qu'il aime. Qu'il me soit ici permis de dénoncer la destruction des études littéraires sous les coups de boutoir du fonctionnalisme. Fini le temps où on lisait les poèmes de Ronsard, les comédies de Molière et les romans de Balzac pour eux-mêmes. Dans l'anticivilisation de la marchandise, plus rien n'a de valeur d'usage, seule compte la valeur d'échange. Ce qui importe, c'est de savoir à quoi l'étude d'un texte peut être utile. Dès lors, un texte n'a pas besoin d'être associé à un auteur ou à une quelconque forme d'inscription dans l'art et la pensée de son temps. Au collège, il peut d'ailleurs être mêlé à un film, à une discussion ou à une visite culturelle dans le cadre de ce que la novlangue pédagogique nomme un Itinéraire de Découverte. Les commandements du formalisme exigent que tout texte soit envisagé du point de vue de sa structure. Il est naturellement hors de question d'établir des hiérarchies entre une page de Flaubert, un article de *Libé* ou une chanson de Renaud.

Nul rôle formateur du caractère dans cet exercice, nul apprentissage de la liberté ou de l'esprit critique. Nul plaisir, même. On lit pour s'informer et se documenter. En vertu du fumeux principe du décloisonnement des savoirs, version hexagonale du *developmental approach* appliqué aux États-Unis avec des conséquences catastrophiques, l'enseignement du français a été dilué dans une vague culture générale. On n'enseigne plus le participe passé en tant que participe passé. Cela participerait de la violence symbolique, de la transmission indue du capital culturel et donc de la reproduction sociale. L'étude du patrimoine littéraire doit être considérée comme le moyen d'acquisition d'un outil communicationnel.

On aura compris à quel point l'École Nouvelle est éloignée, dans son fonctionnement et dans ses buts, de l'école républicaine. Les Longues Figures gavées de psychopédagogisme qui règnent présentement sur les IUFM inculquent aux impétrants l'horreur de la dissertation, le mépris pour les corrections en rouge, la haine des cours magistraux et le plus parfait dédain pour les commentaires de texte suivis où chaque mot d'un texte est expliqué à l'aide de la paraphrase.

Toute approche doit désormais être globale. Et chaque texte ramené à une structure, une fonction et un objet. Finis, les délicats enchaînements logiques de la *Grammaire générale et raisonnée de Port-Royal* : le langage est désormais une affaire de technique [1]. Aux élèves des collèges et des lycées, les professeurs de lettres ont désormais pour mission de permettre de maîtriser la communication et la linguistique. L'amour des textes, dites-vous ? Une antiquaille. Pour les pédagogues qui torturent les

---

1. Dans une *Défense et illustration de la novlangue française* (Éditions de l'Encyclopédie des nuisances, 2005) évidemment paradoxale, Jaime Semprun éclaire les choses à ce propos.

malheureux enfants de France avec leur jargon de linguistes, un texte ne possède pas une beauté mais une *visée*. Celle-ci peut être narrative, descriptive, explicative ou argumentative. Et comme les trois premières visées se rapportent finalement à la dernière, il en découle que tout texte est argumentatif – donc qu'il exerce *quelque part* une violence qu'il faut savoir déjouer.

C'est l'alpha et l'oméga d'une conception mécaniste, utilitaire et marchande de la littérature qui s'est imposée en France à la fin des années 1980, quand Lionel Jospin était ministre de l'Éducation nationale. Ainsi a débuté le sabotage délibéré des apprentissages fondamentaux, la destruction de toute forme de chronologie historique, la liquidation de la dissertation générale. La droite n'a pas bronché, trop heureuse d'entendre des socialistes promettre de « dégraisser le mammouth ».

Les vieux professeurs formés au début des années 1960 avaient tout contre eux : ils étaient républicains et fonctionnaires. La droite et la gauche se sont donc entendues pour casser le corps enseignant. Les uns expliquent que les professeurs ne valent pas les curés et les autres qu'ils ne travaillent pas 35 heures par semaine. La haine des profs est décidément le libéralisme des imbéciles. Derrière cette volonté de rabaisser les maîtres se cache une inspiration ignoble, mais pas très étonnante.

Quelle est la mission des professeurs ? Conserver et transmettre. Tout ce que notre monde méprise, surtout lorsque ce qui est conservé et transmis n'a aucune valeur marchande : la culture, le goût des belles choses. La Grande Machine préfère les vertueux créateurs de valeur, des gens dont le travail est quantifiable. Les Diafoirus de la performance économique ne comprennent pas l'utilité sociale d'hommes et de femmes dont le métier est une vocation avant d'être une fonction. D'où leur obstination à les évaluer et même à les faire noter par leurs élèves – qui sont finalement des consommateurs comme les autres. Cette vieille lune soixante-huitarde remise au goût du jour par le rapport Attali est un cas d'école de la convergence entre la subjectivité libertaire et la rationalité libérale : les uns l'approuvent par haine des hiérarchies que crée le savoir, les autres par souci d'un fonctionnement « naturel » d'un marché de services.

Un cauchemar.

– Je parlais hier avec un ami marocain. Ce qu'il m'a expliqué t'aurait fait plaisir… « Je suis républicain, qu'il m'a dit, mais quand je vois la France gérée comme une boîte de nuit, je préfère savoir qu'il y a un roi à la tête de mon pays. »

– Une boîte de nuit ?

– Je n'invente rien.

– Extraordinaire !… Il faut que tu me présentes cet ami.

– Vous vous entendriez bien… Je lui ai parlé de ton livre. Je lui ai dit que tu étais en train d'écrire ton *quousque tandam abutere* à toi…

– *Quousque tandam abutere*… Tu es gentil… C'est vrai qu'il abuse de notre patience et que nous ne savons pas jusqu'à quand ça va durer… Pendant ce temps, la maison France est en effet gérée comme une boîte de nuit.

– Elle est gérée alors qu'elle demande à être gouvernée.

– C'est étrange tous ces gens qui nous parlent de réformes, d'ajustements structurels ou de relance de la croissance, alors que la question que pose la crise du politique est celle de l'autorité et du consentement populaire qui la permet.

– Dans le pays que dirigèrent jadis Louis VI, Bonaparte et Charles de Gaulle, on devient aujourd'hui président de la République en tenant des discours de vendeur d'aspirateurs… C'est la loi dans une démocratie spectaculaire et marchande… Une société en plein développement peut faire passer ce genre d'inconvénients par pertes et profits… Mais une société en décomposition le vit très mal.

– Nous savons pourtant ce qu'il manque à la France : un nouveau contrat social, une refondation du lien entre le peuple et les élites.

– Et nous avons à la tête de ce vieux pays des gens pour qui le politique se résume aux stratégies mises en œuvre pour conquérir le pouvoir. Une fois en place, ils sont incapables de penser le politique en tant qu'il est politique. Ils sont doués pour occuper les lieux du pouvoir mais en aucun cas pour prendre le pouvoir.

– Tu veux dire qu'en France le pouvoir reste à prendre ?

– Précisément. Certain jogger vêtu d'un ticheurte *New York Police Departement* fait tout pour nous en distraire, mais nous voyons que la place est vide.

– Le substrat royaliste qui s'obstine dans l'inconscient français nous fait vivre cette situation sur le mode tragique. Nous sommes accablés.

– Ravi de te l'entendre dire, mon cher Saint-Roy... Il faut des vieux croyants républicains comme toi pour rappeler ces vérités... Nous avons beau avoir tué un roi et déchiré l'ancien contrat social le 21 janvier 1793, nous n'avons jamais cessé de soupirer depuis ce jour. Et nous n'avons jamais été aussi heureux qu'avec l'ancien et le nouveau combinés dans une sorte de roi socialiste : de Gaulle !

– C'est bien que tu évoques le Grand Dudulle... Toutes les questions qu'on se pose aujourd'hui ramènent à lui... À mesure que les archives de la CIA vont être déclassifiées, on va en savoir un peu plus sur la guerre de Vingt-Cinq Ans menée sur notre territoire par les services secrets américains entre 1958 et 1983... Ce qu'ils voulaient, c'était tirer le rideau sur le grand rêve gaullien... Et ils y sont parvenus... En mai 1968, le général Ailleret, partisan de l'indépendance stratégique de la France, est mort dans un mystérieux accident d'avion... Deux mois plus tard, une révolution qui n'a pas beaucoup nui aux intérêts du Capital a été déclenchée à Paris pour liquider le bloc historique gaullo-communiste...

Et en 1983, une nouvelle gauche de droite a pris en main les affaires après la conversion des socialistes aux délices de la Bourse et aux vertus de l'économie de marché...

– Ta vision du monde est gentiment paranoïaque...

– Disons qu'elle est romanesque. Mais pas parano, balzacienne.

– Ce serait drôle de mixer le rêve et la réalité dans une mayonnaise romanesque pour débusquer la cohérence secrète des choses... Mon propos est plus simple. J'ai voulu détailler le mouvement de tectonique des plaques auquel nous avons assisté en France d'un point de vue idéologique. La résistance que les anciennes traditions ont opposée à la marchandisation de la vie nous a longtemps empêchés d'observer les fondements théologiques du libéralisme en pleine lumière.

– Qu'on soit chrétien, communiste, gaulliste, républicain ou socialiste, on a un peu de mal à souscrire au principe d'inégalité qui triomphe avec la crise.

– Mais les digues sautent une à une. Nous sommes désormais persuadés que les pauvres sont coupables de leur sort et que la transparence conviviale du Marché est préférable à la lourdeur paternaliste des hiérarchies politiques... La droite et la gauche célèbrent ensemble une croissance et un progrès indéfinis – sans cathédrales à conserver ni pudeur à préserver.

– D'un point de vue culturel, il reste un certain nombre d'ajustements à faire pour que les libéraux et les libertaires soient parfaitement raccord…

– Des broutilles. Elles ne concernent que la vieille morale et l'idéal humaniste que certains réfractaires ont encore des scrupules à liquider. Pour le reste, libéraux-sociaux et sociaux-libéraux marchent ensemble vers un avenir radieux pendant que se poursuit la fragmentation du corps social. Ils se disputent juste sur la façon de trouver les deux points de croissance qui rendront les Français heureux.

– Mais quelle signification prend ton fameux mouvement tectonique de plaques à l'échelle du monde ? Là aussi, les cartes ont été redistribuées. En quelques mois, la France a retourné ses alliances diplomatiques dans le plus grand silence. Nous avons peut-être vécu un nouveau Yalta sans nous en rendre compte… Une ligue euro-atlantique des démocraties marchandes est manifestement en train de s'organiser de l'Alaska à la Finlande pour défendre ses intérêts sans se soucier de l'ONU.

– C'est vrai que je n'ai pas évoqué les questions de politique étrangère. Elles sont à la fois essentielles et méprisées. Quand j'entends

Bernard Kouchner faire le malin et que je vois Hubert Védrine sans emploi sérieux au service de la France, je me dis qu'il faut vraiment que ce pays aille mal pour qu'on en soit arrivés là… La politique étrangère française est en compote, Paris s'est ridiculisé en accueillant Kadhafi comme un allié de choix, les intellectuels qui ont leur rond de serviette à l'Élysée n'en finissent pas d'accabler la Russie de mille maux, le Kosovo a proclamé son indépendance avec le soutien de l'Allemagne et des États-Unis, nos troupes engagées en Afrique vont être redéployées en Asie centrale sous commandement américain, la Belgique va éclater sur des bases ethnico-linguistiques sans que nous fassions un geste, la France a réintégré le commandement intégré de l'OTAN et on nous endort avec des discours moralisateurs.

– Notre vieux peuple si querelleur va laisser faire ?

– Je n'ose pas le croire. Mais je ne veux pas non plus survaloriser les tripes et l'âme du peuple français. Il y a là une façon de romantisme hugolien qui est plaisante, mais pas sérieuse. Les palabres contre les élites déculturées sont distrayantes, mais il ne faut pas oublier que nous vivons dans un système où les dirigeants sont choisis par un souverain qui s'appelle le peuple. Ce pouvoir dévolu au Président par délégation nous renvoie au discours de Saint-Just au procès de Louis XVI : « On ne règne pas innocemment. » C'est une définition assez juste de la politique envisagée comme souci. Mais c'est le peuple, aujourd'hui, qui ne peut pas régner innocemment. Il a les maîtres qu'il a bien voulu se donner.

– Tu veux dire que nous sommes tous coupables du Grand Bousillage ?

– Ce serait trop confortable d'envisager les choses autrement... Comment ignorer que les discours politiques qu'on nous fabrique sont imaginés pour susciter notre acquiescement ? Il y a une part de propagande et de décervelage, mais pas seulement... La pitance qu'on nous sert est assaisonnée à notre goût. Nous avons la sensation de vivre un mauvais rêve, mais c'est nous qui en avons écrit le scénario. Nous détestons notre époque autiste, infantile, cruelle, amnésique, narcissique et vaniteuse... Mais qu'est-ce que nous lui ressemblons !... C'est la part la plus mauvaise de nous-même qui s'est hissée aux sommets de l'État.

– Il faut qu'elle parte ?

– Sans délai. C'est la morale de l'histoire. Je l'ai trouvée en relisant quelques vieux auteurs, d'autres la chercheront chez Freud ou dans les textes fondateurs de la tradition anthropologique... Si l'on s'obstine à croire qu'il est impossible que rien ne soit possible – la définition élémentaire de la vie en tant que victoire sur la mort –, on doit accepter la civilisation comme un renoncement aux satisfactions pulsionnelles… Or que nous propose l'économie de marché sinon la satisfaction infinie de toutes nos pulsions ?… C'est là que nous aurions besoin d'entendre quelqu'un nous tenir un discours politique en nous rappelant la nécessité de l'arbitrage, du partage et de la relation concrète entre les hommes pour qu'une vie soit pleine et bonne. Si la fortune et l'infortune sont jugées de toute éternité et que celui qui reçoit ne rend jamais rien, il n'y a plus de civilisation possible… J'irai même plus loin : plus aucun sens, ni à la vie, ni à la mort.

IV

On n'est pas amoureux d'un taux de croissance

Qu'est-ce que la politique ? Dans un monde où tant de choses se sont si complètement perdues, et tant de choses semblent encore destinées à se perdre, c'est l'unique question qui m'occupe au terme de ce livre. Qu'est-ce que la politique ? C'est-à-dire qu'est-ce que l'homme, qu'est-ce que la société, qu'est-ce que l'histoire ? Posée de cette façon, l'interrogation fait un peu épanchement d'élève de terminale révisant son bac philo, ou sujet de méditation pour khâgneux au front sombre ruminant le mal du siècle.

Qu'importe. Lorsqu'on a eu vingt ans quand l'aviation américaine enflammait la patrie de Shéhérazade à coups de missiles téléguidés, que les cours de la Bourse flambaient à Paris et qu'on a observé autour de soi une jeunesse indifférente aux problèmes généraux de civilisation et de culture, on n'a jamais honte de revenir à la beauté bleue des Idées en leur ciel.

Abusés par de beaux discours, les Français ont encore une fois parié sur le retour du politique dans le sens de l'intérêt national, et encore une fois, ils n'ont rien vu venir. Pour un enfant de ma génération, né en Europe occidentale au début des années 1970, ce caractère systématique du revirement de nos dirigeants politiques une fois qu'ils sont installés dans le mobilier national est désespérant. Je n'opposerai pas la droite et la gauche. Je dirai ce que j'ai vu, trois fois en vingt-cinq ans : des socialistes arrivés au pouvoir pour changer la vie en 1981 qui se sont soumis aux commandements du Marché après seulement deux années d'exercice. Le chef d'un parti néo-gaulliste devenu président de la République au mois de mai 1995 en dénonçant la « fracture sociale » qui a jeté l'éponge le 26 octobre suivant en acceptant de soumettre sa politique aux commandements des gourous de la rigueur monétaire. Un de ses héritiers, plébiscité douze ans plus tard avec un discours volontariste sur le pouvoir d'achat, qui a baissé pavillon lors de son Discours des caisses vides, prononcé à l'Élysée, le mardi 8 janvier 2008. Le lendemain, ou presque, je commençais ce livre, le cœur plein d'une rageuse mélancolie.

Comment se résigner à voir sans cesse des propositions politiques validées par le sacre du suffrage universel humiliées par l'orthodoxie budgétaire et à entendre nos dirigeants justifier leur impuissance – ou leur cynisme – en invoquant la soumission nécessaire aux marchés financiers. Par là, c'est l'homme qui est humilié dans sa capacité à maîtriser la réalité, à hériter d'une histoire et à la poursuivre. Comme si la politique était uniquement un problème d'harmonisation de la consommation entre des agents économiques rationnels et qu'aucune force ne pouvait être opposée aux fatalités déchaînées.

Les haut-parleurs de la Grande Machine ne nous parlent que de fluidité des marchés, de réajustements structurels et d'élévation des niveaux de compétitivité. La décision politique est noyée dans la microchirurgie réformiste. Il y a dans cette situation quelque chose d'absurde et de désespérant. Le primat accordé à l'économique dispense nos gouvernants de s'interroger sur les fins propres du politique – qui est de perpétuer le corps social dans sa nature de communauté de vie et d'amitié. Comme si tous les choix des femmes et des hommes qui nous gouvernent n'étaient plus commandés que par des critères de rationalité et par la nécessité de se conformer à un cadre budgétaire impératif, sans qu'il puisse être question d'un grand dessein. Privé de la maîtrise de la gestion monétaire, Matignon s'est transformé en bureau d'enregistrement des commandements économiques de l'Europe nouvelle. Et à l'Élysée, on remet des rubans rouges de la Légion d'honneur aux copains en attendant la suite.

Dans ce contexte, à quoi sert l'État et pourquoi tant de luttes acharnées pour sa conquête ? Réduite à exercer un simple contrôle sur les échanges, comme le « gardien de nuit » cher aux paraboles ultralibérales des années 1980, la puissance publique est lentement dépossédée de toute discussion sur les fins. La concorde entre les citoyens, l'harmonisation de leurs intérêts et l'arbitrage de leurs querelles sont devenus des affaires privées. Ce sont les Restos du Cœur qui nourrissent les pauvres, les constructeurs automobiles qui financent la diplomatie culturelle, les laboratoires pharmaceutiques qui investissent dans l'avenir… Pendant ce temps, le politique se soucie du remplissage du panier de la ménagère en harmonisant les échanges et en assurant le spectacle pour distraire le peuple. Comme si la vie des hommes en société pouvait s'ordonner à la seule raison marchande et à la seule passion de l'*entertainment.* Comme si la condition humaine n'était pas caractérisée par une part de mystère, de tragédie et de violence qui rend nécessaire la responsabilité du politique. Mais l'heure de vérité vient maintenant et toujours. En système libéral, que penser du détenteur de l'autorité suprême lorsque le panier de la ménagère se remplit mal et que le spectacle est mauvais ? Il faut qu'il parte.

La campagne présidentielle de l'année 2007 a eu au moins un mérite. Elle a prouvé que, dans un monde unifié par l'économie et par la morale marchande, les Français restaient un peuple dont le cœur ne se conquiert qu'en leur parlant de politique. C'est une grâce : c'est en France que le rejet du fatalisme mondial face aux lois du Marché reste le plus fort. Il y a sur tous les continents des observateurs que cela enchante – ce qui explique la sévérité des éditorialistes d'une grande partie de la presse internationale à l'égard de ceux qui nous gouvernent. Parce qu'ils prennent en considération autre chose que la France, ils comprennent bien que l'exception française tant décriée est un bloc de résistance qui vaut pour le monde.

Sacrés Français ! On peut leur parler d'apurer les budgets, de baisser les niveaux d'impôts ou d'assouplir les systèmes de protection sociale pour rendre la vieille nation soluble dans les eaux bouillonnantes du Grand Marché, ce qu'ils attendent c'est qu'on leur raconte une histoire, qu'on réactive les croyances collectives endormies. Qui croira qu'ils accepteront avec le sourire la suppression du contrôle des prix, la liquidation des entreprises nationalisées, la déréglementation des conditions de travail et des niveaux de salaire, la restriction des dépenses d'éducation et de santé et la réduction de la fonction publique par des gouvernants irresponsables qui croient à l'autorégulation du corps social ? De droite ou de gauche, tous les hommes politiques français savent qu'une part infime de leurs électeurs est convaincue par les bienfaits du Capitalisme Total. Lorsqu'on demande : « L'économie de marché est-elle une bonne formule ? » un tiers seulement de nos concitoyens répond par l'affirmative, alors qu'ils sont une bonne moitié chez nos voisins européens. Cette résistance au sens libéral de l'histoire irrite les mystiques de la marchandise. Moi, j'ai bien de l'honneur à l'écrire, dans ce livre, à cette place : elle me remplit d'aise.

En 1995 ou en 2007, ce fut une erreur d'accuser nos dirigeants de s'être reniés à peine élus en se soumettant aux impératifs de l'économie financière. Leur unique reniement fut d'intégrer à leurs programmes des éléments de volontarisme politique auxquels ils ne croyaient pas. À droite, il est impossible d'être élu sans doper son discours au gaullisme ; à gauche, il faut y mêler une bonne dose de socialisme. Mais qui ne voit pas qu'ici et là on n'est plus ni gaulliste, ni socialiste depuis longtemps ? On veut bien se couvrir d'oripeaux folkloriques, mais pas perpétuer des traditions intellectuelles qui valorisent des manifestations concrètes du politique.

Du politique, l'élite française en a perdu jusqu'au désir. Dans un discours officiel, il arrive qu'un ange passe : c'est le désir du désir. Ainsi le 31 décembre 2007, lorsqu'il fut question de « politique de civilisation » à la télévision et à la radio françaises, aux alentours de 20 h 10. J'avais l'âme lasse et le cœur lourd, accablé par tant d'images bombardées jusqu'aux écrans digitaux des téléphones portables depuis six mois... La nuit du Fouquet's et le footing à Central Park, les sacs Prada et les ticheurtes des pompiers de New York, la fête à Eurodisney et la fuite en Égypte...

Une politique de civilisation, dites-vous ? Qui saura à quel point j'aurais voulu y croire... Mais il n'était pas seulement question de politique de civilisation dans ce discours habilement mélangé. On y a entendu quelques gros mots... *Choc fiscal... Service minimum... Autonomie des universités... Urgence de réformer et de libérer le travail...* On a beau trouver ça très nouveau, c'est la révolution libérale pure et dure prônée par Friedrich Hayek après le premier choc pétrolier telle qu'elle a été mise en œuvre en Grande-Bretagne par Margaret Thatcher en 1979 et aux États-Unis par Ronald Reagan en 1980. La diminution de l'impôt sur les successions[1], la remise

1. Dans *Les Hauts Revenus en France au XXe siècle* (Grasset, 2001), Thomas Piketty a démontré que cet impôt avait permis l'inégalité des salaires de bénéficier d'un large consensus et d'une grande stabilité depuis les lendemains de la Première Guerre mondiale. En rendant impossible une trop forte concentration du Capital d'une génération sur l'autre, les niveaux élevés des taux supérieurs de l'impôt sur les successions ont

en cause du droit de grève, la privatisation de l'enseignement, la destruction du code du travail, c'est la fin des politiques interventionnistes mises en place au lendemain de la Seconde Guerre mondiale réclamée depuis vingt-cinq ans par des essayistes qui répètent que le bonheur est une idée neuve en Californie.

En éteignant ma radio, j'ai songé à Damiens, condamné à mort pour avoir tenté d'assassiner Louis XV. Le 26 mars 1757, lorsque les juges de la Grande Chambre du parlement de Paris lui ont annoncé qu'il allait subir le supplice de l'écartèlement puis le bûcher, le criminel a eu ce mot étonnant : « La journée sera rude. »

Pour nous autres Français, c'était la suite qui promettait d'être rude.

⁂

Le tableau de la France telle qu'elle ne va pas, que j'ai composé dans ce livre, n'est pas désespéré. Je m'obstine à croire qu'un retour à la philosophie politique classique est toujours possible. Il y

---

renforcé la légitimité de l'enrichissement par le travail et la dynamique des Trente Glorieuses. Le cadeau fiscal de juillet 2007 concernant d'abord les revenus du Capital et l'allègement de l'impôt sur les successions, il apparaît évident que la classe moyenne laborieuse s'est fait promener par les discours sur la valeur travail.

a bien un jour où l'on va cesser d'envisager l'homme comme un simple consommateur de biens et de services qui ne peut trouver son bonheur que dans le nomadisme et la mobilité. Un jour où l'on va cesser de regarder la politique comme une *prestation* assurée par des individus plus doués pour administrer les choses que pour gouverner les hommes. On se souviendra que la politique est un art – un art royal enseignait Platon à Athènes – qui obéit à des principes, vise des fins et dispose de moyens autres que ceux de l'économie. Un des mystères de la politique est que le consentement à la puissance ne peut s'exprimer au détriment d'une vie raisonnable, qui reste au fondement du bien commun.

Quand les choses deviennent absurdes, les chefs d'État deviennent illégitimes.

Il est une réalité autonome de l'homme, inscrite dans la cité et dans l'histoire, que l'œuvre de Léo Strauss nous apprend à découvrir. Je pense en particulier aux trois conférences intitulées « Sur le nihilisme allemand », « La crise de notre temps » et « La crise de la philosophie politique » prononcées aux États-Unis en 1941, 1962 et 1964 [1].

1. Ces trois conférences ont été réunies dans *Nihilisme et Politique*, Bibliothèque Rivages, 2001. « Le critique le plus radical de la civilisation moderne n'est pas nihiliste, écrit Olivier Sedeyn dans sa préface. Léo Strauss, qui est peut être ce critique, affirme que nous avons besoin aujourd'hui non pas d'une nouveauté radicale, mais d'une réappropriation radicale du passé classique. »

Dans la première d'entre elles, Léo Strauss montre comment les jeunes Allemands des années 1920 ont été pris au piège du cycle *démoralisation, fatalisme, nihilisme.* Et comment ceux qui ont tenté de résister à cet enchaînement morbide ont été disqualifiés. « Les idées de la civilisation moderne apparurent à la *jeune* génération comme de *vieilles* idées ; ainsi, les partisans de l'idéal du progrès se trouvèrent dans la situation inconfortable de devoir résister, à la façon de *conservateurs,* à ce que l'on avait appelé entre-temps la "vague du futur". » Désespérés par cette situation insensée, des esprits supérieurement qualifiés qui auraient dû eux aussi avoir le courage de s'affirmer conservateurs finirent par accepter le saccage nazi de toutes les valeurs. Prisonniers du sens de l'histoire prophétisé par le marxisme, Oswald Spengler, Carl Schmitt, Ernst Jünger et Martin Heidegger se sont laissé persuader qu'il y avait quelque chose d'irréversible dans l'avancée techniciste de la civilisation moderne. Et cet irréversible – sans poésie, ni lumière d'éternité – leur déplaisait. Dès lors, ils ont consenti au règne de l'horreur pure. Leur faute fut de croire à l'idée d'avenir indéfini des doctrines progressistes – et de laisser les nazis agir avec une férocité vide et désespérée, comme s'il n'y avait pas d'autre possibilité que de se soumettre au sens de l'histoire.

Je veux éviter autant qu'il se peut les analogies malheureuses, mais l'on voit bien ce qu'ont de commun – en tant que doctrine de la fatalité et du renoncement face à la mécanique impitoyable d'une histoire en marche – le nihilisme dévastateur du nazisme et le nihilisme mou du nouvel hédonisme technologique. Dans un cas comme dans l'autre, être nihiliste, c'est se laisser envahir par un doute – serait-il donc possible que *rien* ne soit possible ? –, et finir par y succomber en se soumettant à ce que Pasolini, dans ses *Écrits corsaires*, nomme « l'ordre dégradant de la horde ». Lorsque vingt-cinq siècles de pensée politique occidentale ont rempli les bibliothèques de livres écrits pour nous apprendre à ne pas céder à cet ordre, c'est à ces livres qu'il faut revenir – n'en déplaise à Mme Lagarde –, et penser avant de retrousser ses manches à la façon du *Travailleur* prométhéen d'Ernst Jünger.

Un retour à la philosophie politique classique nous permettrait de conjurer la tentation de l'apocalypse qui travaille une grande partie de la planète en ce début de XXIe siècle. Comment accepter que des apocalypses quotidiennes et minuscules, dans des pays à l'architecture sociale anéantie, ou des apocalypses ultimes et titanesques, après une guerre atomique ou un monstrueux choc des civilisations, soient devenues l'horizon d'attente de sociétés modernes dévastées ?

On voit bien ce que cette perspective peut avoir d'envoûtant – même quand l'envoûtement se fait inconsciemment. Une apocalypse, c'est une révélation, un événement grandiose et terrifiant, mais surtout *dur* et *vrai.* Il faut vraiment que la perte du sens soit avancée pour qu'on la juge souhaitable. À travers le récit du suicide du héros de son roman *Le Feu follet*, Drieu la Rochelle a montré que le nihilisme était une perte désespérée du sens et un besoin enragé de trouver quelque chose de consistant à quoi se heurter. Dans les dernières lignes du roman, tout est dit : « Un revolver, c'est solide, c'est en acier. C'est un objet. Se heurter enfin à l'objet. »

⁂

Dans des sociétés capitalistes soumises à la dilution de toute chose et forcées à la transparence parfaite, dans des sociétés éclatées où rien de consistant ne se laisse toucher, ou rien de permanent ne se laisse aimer, le démon qui nous souffle « À quoi bon ? » est un redoutable adversaire. Le culte du progrès perpétuel et de la modernisation sans fin nous expose à devenir à notre tour les victimes du cycle *démoralisation, fatalisme, nihilisme.* L'humiliation du politique à laquelle nous assistons en France depuis mai 2007 n'arrange rien. Elle nous rend vulnérables à une perte de confiance dans la possibilité du bien et dans le sens des mots.

J'ai peur, hélas, qu'il y en ait qui s'en réjouissent. On sent frémir chez ceux qui nous gouvernent un mépris pour la raison humaine qui voudrait découvrir chez l'homme des fins autres que le bonheur par l'enrichissement continuel. Pire encore, on devine chez eux une haine barbare de la culture soupçonnée d'être trop lente et trop lourde, quand l'argent circule si rapidement et si légèrement. Comment pourrions-nous y remédier ? Il faut plus de temps pour former un professeur d'université capable d'éveiller des générations d'élèves à ce qui fait sens à travers l'étude des textes anciens qu'un *trader* capable de ruiner une banque avec du *would be.* Plus de temps pour construire la cathédrale de Chartres ou pour susciter un Jean-Sébastien Bach que pour imaginer un slogan publicitaire pour vendre un ordinateur portable. C'est pourtant à la lenteur, dont l'éloge postmoderne n'est plus à faire depuis Milan Kundera, qu'il faut revenir pour en finir avec l'humeur dépressive des démocraties-marchés. Au silence et au secret, également, quand pour ne rien nous dire et ne rien dévoiler, on prétend tout nous avouer et tout nous révéler.

D'un point de vue politique, cela signifie qu'il est urgent de faire retour à l'idée d'institution – tant pis pour les adeptes de la déconstruction qui croient trouver la vérité en désintégrant des conventions bourgeoises soupçonnées d'être tissées de mensonge. Ils ne voient pas que la vérité que cachent les institutions politiques et les conventions sociales, c'est elles-mêmes. À titre privé, chacun peut bien faire toutes les singeries qui l'amusent. Je connais moi-même quelques grimaces. Mais dans le cadre d'une charge publique, il faut en finir avec l'esprit d'ironie et le goût du déboutonnage – quand ce n'est pas celui du débraguettage – qui n'ont jamais rendu personne libre. Ni celui qui se débraguette en public, ni celui qui le regarde faire. Il est temps de se souvenir que le politique exprime le réel dont il a la charge par l'intermédiaire de la métaphore. Métaphore la politesse, métaphore les rites, métaphore la monnaie, même, dont on a persuadé le peuple français de se débarrasser sans se soucier de la violence symbolique que cela impliquait.

Cet accent mis sur l'importance de la métaphore – qui est à la fois le fondement de l'intelligible et celui de l'intelligence des individus entre eux – nous ramène à Giambattista Vico et à sa théorie des *universaux fantastiques*, ces images universelles que s'inventent les hommes pour trouver des raisons sensibles de vivre et de mourir sans que la rationalité puisse tout ramener à l'intelligible. Lorsque l'existence est privée de ces images qui permettent à l'homme de rester lui-même en s'élevant au-dessus de lui-même, les sentiments, les amours, les saisons et les mots deviennent vulgaires, partant insignifiants. Ainsi, le problème n'est pas tant celui de la dévaluation des signes que celui de la dévaluation des images. Lorsqu'il se déplaçait en province, le général de Gaulle dormait à l'hôtel de la préfecture. Les Français qui le savaient en avaient une conscience à la fois claire, vivante et visuelle. Le scrupule du chef de l'État était une métaphore qui dévoilait une réalité supérieure : l'oubli qu'il avait de sa personne au service de l'État.

Dans l'âge de l'homme qui succède à l'âge des héros d'après Vico, les métaphores disparaissent et l'histoire tombe dans le règne du n'importe qui. Nous y sommes. Mais la République, comme la monarchie qui l'a précédée, n'est pas taillée pour le règne du n'importe qui. Ou alors il va falloir la réduire à coups de ciseaux constitutionnels à la taille et à l'ambition d'une démocratie marchande où il ne sera plus question ni de vertu, ni de grandeur. C'est un peu ce qui est en train de se produire, hélas. Je n'accuserais personne en particulier du meurtre de la Ve République. D'abord parce qu'elle n'est pas morte : elle est mal en point. Ensuite parce que ses bourreaux et ses tourmenteurs s'y sont mis à plusieurs, les uns en acceptant des cohabitations qui ont renforcé l'ingouvernabilité de la France ou en n'assumant pas la fonction plébiscitaire d'un referendum, les autres en réclamant la réduction du mandat présidentiel ou en se mettant en scène en Cyber-Gédéon de l'hyperclasse.

Échapperons-nous au rejet des folles doctrines qui associent la possibilité de la justice et du bonheur à la poursuite d'une croissance sans fin ? Échapperons-nous à une mise en examen d'un système libéral dans lequel le Capital ne produit plus que de l'argent ? Échapperons-nous à une insurrection de l'esprit comme il s'en est produit quelques-unes au long de l'histoire ?

Je ne veux pas le croire.

J'ai commencé ce livre tandis que s'installait l'hiver, tout était gris. Je l'achève au moment où arrive le printemps. Les bourgeons aux branches des arbres me ramènent à une certitude des saisons que la destruction des équilibres climatiques ne rend pas encore tout à fait vaine. Le beau temps qui revient est un objet solide, mais un objet aimable celui-là. Dans *Le Cabinet des Antiques*, Balzac invoque une « loi des Contraires », naturelle à l'esprit humain, « qui fait souvent une débauchée de la fille d'une dévote, une dévote de la fille d'une femme légère ». Ainsi, l'histoire des sociétés est-elle marquée par des mouvements de balancier.

Aujourd'hui, la France est allée trop loin dans le reniement de ce qu'elle est pour que les choses ne reviennent pas tranquillement dans l'autre sens. Nous avions envie d'autre chose, mais nous ne savions pas quoi. C'était un désir un peu obscur et un peu sourd, c'était un pari idiot que nous avions fait de tourner la page. La provocation au futur est l'hameçon auquel nous avons mordu. Tout ce qui était ancien a paru démodé, tout ce qui était éprouvé a paru diminué. Nous avons cru que l'instant, la vitesse, la fête, la transparence allaient nous rendre heureux.

Le cœur lourd, nous nous demandons comment nous avons pu laisser arracher tant d'années du milieu de notre vie, comment nous avons pu oublier ce que nous étions, comment nous avons pu laisser salir ce que nous aimions, pour un homme qui ne nous plaisait pas.

Pour l'éditeur, le principe est d'utiliser des papiers composés de fibres naturelles, renouvelables, recyclables et fabriquées à partir de bois issus de forêts qui adoptent un système d'aménagement durable.
En outre, l'éditeur attend de ses fournisseurs de papier qu'ils s'inscrivent dans une démarche de certification environnementale reconnue.

Ce volume a été composé
par Facompo à Lisieux (Calvados)
et achevé d'imprimer en avril 2008
sur presse Cameron
dans les ateliers de Bussière
à Saint-Amand-Montrond (Cher)
pour le compte des Éditions Stock
31, rue de Fleurus, 75006 Paris

Imprimé en France

Dépôt légal : mai 2008
N° d'édition : 102667 – N° d'impression : 081269/1
54-07-6161/1